NF文庫
ノンフィクション

日中戦争 日本人諜報員の闘い

吉田東祐

潮書房光人新社

吉田東祐氏について——まえがきに代えて

日中停戦のために尽力した氏が亡くなって、すでに二十年以上が経過した。氏の活動は、その性質上あまり知られてはいない。一般的な本で触れられていないだけでなく、戸部良一氏著『ピース・フィーラー　支那事変和平工作の群像』のような専門的な本も、氏については本文では触れられてはおらず、註（三八六頁）に小野寺大佐との関連で名前がでるのみである。私の知るかぎり自ら著わされた本のほかに、氏の活動を取り上げたのは大森実氏の著書である『日本崩壊（戦後秘史—1）』がある。

この本の中（一四七頁）で大森氏は、小磯内閣当時、陸軍参謀本部の覚書として記録された日中和平交渉のための重慶（国民党政府）連絡路線リストの中で「重慶側が信をおいたホンモノの特務は、重慶側の資料によると、わずかに南京カイライ政権の実力者であった周仏海と上海陸軍嘱託という小さな肩書きしかない吉田東伍なる人物が連絡していたという注釈つきの呉紹澍、もう一人は上海陸軍部川本少将が連絡しているＣＣ系特務の呉開先の三人だけだった。戦後になってもこれは重慶側資料でははっきりしている。参謀本部はこの重慶側軍統に裏打ちされた三人の特務に対しては、念入りにも『期待できない』という不合格の烙印を押していたのである」としている。吉田東祐という人物がよく知られていないために、この中で大森氏は東祐と東伍を間違えている。

吉田東祐氏個人について触れられた文章は、塚本誠氏の『ある情報将校の記録』や、氏の兄にあたる彫金の人間国宝であった、鹿島一谷氏が日経新聞に連載された私の履歴書の昭和五十六年十一月二十五日の章、そして雑誌「真相」にあるくらいである。

吉田東祐というのは筆名で、氏の本名は鹿島宗二郎といい、東京下谷の彫金職人の家に生まれたが、次男であったので家業を継がず大学に進み、そして中国に渡って活躍するにいたったのである。

氏の活動は、一部の人にスパイだと非難されている。しかし、氏は中国の軍事機密を探ったりはしていない。今日、情報公開の大事さが認識されてきたが、国と国との間でもこれはいえることである。まして戦前は今日のようにマスコミが発達していなかったので、国が秘匿するつもりのない情報も、相手国に伝わらないという実情があった。その中での氏の活動の一部は、今日でいえばテレビの特派員の活動に相当したものであったといえる。

氏やその他の人々の活動は、残念ながら大勢を動かすにいたらなかったが、もし当時の日本人が中国人をもう少しよく理解していれば、日中間の戦争は起きなかったに相違ない。もちろん氏の活動は、テレビ特派員の範囲に限られたものではなかった。戦争を防止しようとする人たちがいれば、これに反対する勢力は日本にも中国にもいて、双方が命懸けでせめぎあっていた時代であるから、氏の活動は危険に満ちたもので、日中双方の秘密警察に対する氏の個人的信頼によって行なわれたのである。

氏は汪兆銘政権の秘密警察であるゼスフィールド七六号と深い関係があった。この組織はしばしば日本軍側の傀儡《かいらい》とされているが、七六号の初代リーダーであった丁黙存が、日本敗戦後に行なわれた漢奸裁判で証言したように、裁判当時はすでに死去していた国民党政権の秘密警察の一つ軍事委員会調査統計局（軍統）の長であった戴笠の命令で動いていた、いわば国民党政権の上海におけるトロイの木馬的な存在であったと私は思っている。

国民党の秘密警察は、軍統のほか中央執行委員会調査統計局（中統）があり、互いに縄張り争いをしていたので、吉田氏は双方に信用があったから、中国占領地域に潜入できたのである。氏の活躍は、いわば諜報の闇の世界と外交の光の世界を行き交う特異なものであったといえよう。

私が吉田氏に初めてあったのは、昭和十七年の上海で、私が国民学校の一年生のときだった。氏が私の父と学生時代から仲がよかったということで、氏はときどき家に遊びに来るようになった。母も姉も私も氏の話を聞くのが大好きだった。何ごとにも好奇心一杯の氏は、いつも巨体をせわしなく揺すりながら話すのだが、どの話（もちろん仕事の話はしない）もいかにも面白そうに話すので、聞く私たちも引き込まれて面白く聞いてしまうのだった。
父からの氏の活動についてはある程度聞かされていたので、やがて氏は私の心の中で、当時少年の愛読書の一つであった山中峯太郎著『大東の鐵人』などに登場する本郷義昭と重なりあっていった。（当時、私は自分の父が表向きの職業とは別に吉田氏と同じようなことをやっているとは知らなかった）
戦後、多くの諜報関係者は、中国を始めとする連合国により追求された。国民学校の学友で、父親が吉田氏や私の父と同様の活動を行なっていた人は戦後、一家して行方不明となっている。しかし、吉田氏も私の父も、戦後は追求を受けることなく天寿を全うした。吉田氏は戦後、中国問題の評論家として、中国本土にも台湾にも行き、多くの論文や著書を通じて日本と中国の相互理解を深めるために努力した。
父と吉田氏は、戦後も仲がよく、家も近所で親しく付き合って変わることはなかった。生前の父は、吉田氏と協力して活動を行なっていたことは認めたが、その内容については忘れたとのみいって、一言も語ろうとはしなかった。

二〇〇〇・〇九・〇七　　A生

序

長い海外生活から日本に引きあげてきた早々、私は「真相」という雑誌で、三回にわたってひどい言葉の平手打ちを食った。

それによると、私はどうやら国際スパイ・ナンバーワンというものらしい。そういわれてみると、思いあたることはある。

そこで、自分がそんな恐ろしいものかと、改めて自分のやったことを見直してみた。だが、どんな日本人でも、私が当時おかれたような立場に置かれれば、だれでも当然やったであろうことばかりである。私はそれを本書でありのままに書いてみた。

終戦後、日本人がある国際勢力から、生来、好戦的な国民であるということを無理やり頭につめこまれそうになったことがある。そのとき日本人は、敗戦のコンプレックスから、それに反駁しようともしなかった。だが、私たちはよく知っている。あの不幸な日華事変が起こったとき、日本の国民の大部分は、この戦争の一日も早く終わることを願わぬものはなかったのだ。

いや心の中で思っていたばかりではない。あるものは、あのひどい政治的圧力の間にわずかの隙間をみいだして、それぞれ平和のために実践運動を展開していた。

それが戦争を終結させるだけの大きな力にならなかったことは事実であるが、そのなかに日本人の和平への願いと善意を認めないものは、自ら日本人たることを否定するにもひとしい。

私も日本人のひとりとして、このような善意の一片は持ち合わせていた。本書に書かれた私の経験がいかに複雑奇怪に見えようとも、その底を貫くものは、この善意だと考えるのは甘すぎるであろうか。その判定は読者におまかせする。

思うに、日本人がなにをおいても平和を必要としたのは、毎日何千何万という人の殺されて行くあの戦争のさなかである。ところが、その時代がすぎて、日本人が戦争など夢にも考えられなくなった終戦後、日本には澎湃《ほうはい》として「平和運動」が起こってきた。その指導者たちが戦争中、どれほど真剣に平和への努力をしてきたのか、などとここでは問うまい。ただここに一言いいたいことは、日本には戦争中にも国民の間に執拗な平和運動があったということである。

彼らはいくたびとなく、日本と中国との間に和平交渉の橋をかけようとした。その橋がかけられたと思う瞬間に破壊されてしまったが、人々は終始それをあきらめなかったということだ。

私の経験もその一つである。いわば私の大陸の履歴書であり、だが、同時にまたあの当時、大陸に渡った幾千万の日本人の履歴書でもあるのだ。

昭和三十三年三月　杉並馬橋の寓居にて

吉田東祐

日中戦争 日本人諜報員の闘い——目次

ありし日の吉田東祐氏

日中戦争 日本人諜報員の闘い

三重スパイ支那屋

初めて近衛文麿公にお会いしたのは、終戦の年のはじめ、いや、ことによると、その前の年の暮れだったかも知れない。なにしろ、もうかれこれ一と昔半も前のことだから——。だが、初対面の印象だけは今でもはっきりしている。

憲兵の目が、彼のような地位にある人の一挙一動にも光っていたときだった。東京で会うのはまずいというので、彼が借りていた小田原在の某代議士の別荘で会うことになり、近衛内閣の官房長官をやっていた富田健治につれて行ってもらったのだ。

近衛公の顔を見ながら、ふとどこかで見た顔だなあと思った。そうだ! 張大千の「咏柳図」や「酔吟図」などに描かれている、理智の鋭さが教養のヴェールで覆われている、あの中国の読書人の顔なのだ。どこか間が抜けてはいるが、少しも愚鈍には見えない。しかし、ともかく一、二世紀は時代離れがしている。彼の声もそれにふさわしい。わめくことになれた政治家によくある、だみ声ではない。ぐんぐん人に迫ってくる力はないが、会う人にひけ目を感じさせない、鷹揚《おうよう》な、ものやさしさがあった。

しかし、なんと言っても、生まれつきの威厳がそなわっていて、なんとなく威圧を感じる。こんな場合には、相手が女の上に乗っかっているときの顔を想像すれば楽になるよ、と勝海舟が教えている。私は近衛公について、そんな失敬な想像する必要はなかった。つぎの蜀山人の狂句を思い出したとたんに、すっかり気が楽になってしまった。

このへさま逆さに読めば×××なり

このとき、目の前の「このへさま」がにっこり笑いながら言った。

「あなたはどうして中国に関係されるようになったのですか」

これは私がよく聞かれる、一番いやな質問なのだ。

上海で、参謀本部支那課長今井武夫にはじめて会ったときも、これと同じような質問を受けたことを覚えている。もっとも彼の表現は、恐ろしく乱暴だった。

「君はいったいどういう因縁で、支那屋になったんだい」

どういう因果でといわないだけがめっけもんだった。

まったく私自身もよく「なんの因果で」と思うことがある。なにもはじめから好きこのんで中国に渡ったわけではない。すべてはひょんな偶然の組み合わせからなのだ。昭和二年、一橋をでて、ある私立高商の教師をしているとき、いまでいうレッドパージで追い出された。

ありようは赤どころか、だいだい色にもなっていなかったのだが、なにぶん思想問題のやかましいおりだったので、もうまともな勤め口はないと思った。食うためにやむを得ず、古本屋を開いた。

ある日、顧客の一人に、自分たちのちょっとした会合をやりたいから、二階を貸してくれと頼まれた。その日集まったのが風間丈吉、岩田義道、紺野与次郎、それにMというペンネームの方がよく知られている、松村登という面々。いうなれば非常時共産党の中央委員会だった。さすがに大物ばかりなので、左翼の人々によく見る、あの気負ったところがないのに感心した。

なかでも岩田義道と松村が一番ひかっていた。岩田はその当時三十二、三歳だったろうか、まだ若いのに頭の毛が薄くなっていて、どこか実直な田舎教師、といったふうなひと。Mの方は小兵ながらいかにも精悍な闘士という格好で、ちょっと〝魚屋のあんちゃん〟の感じはあったが、一番たよりになりそうな面がまえだった。

岩田に頼まれて、彼とその愛人の家を世話した関係で、彼とは一番個人的な接触があった。決して頭のさえた人ではなかったが、彼には何かをひきつける魅力がある。私はすでに妻子があったので、なかなか実際運動に入るふんぎりはつかなかったが、結局、そこまでいったのは、彼の人柄によほど惹かれたからであろう。

はじめは中央委員会の会合の場所や住宅の斡旋《あっせん》など、ごく下積みの仕事をしていたが、割りあてられた仕事はよくやったので、間もなく入党を許され、大口資金の獲得を任務とする中央委員会直属の特別資金局B班に配属された。いまでいう日共トラック部隊だ。このB班は九大助教授の杉之原舜一、河上肇の義弟大塚有章と私の三人で構成されていた。

当時の共産党にはシンパの大衆がついていなかったので、資金はほとんど〝大口資金〟にたよっていた。したがって、党からB班に要求してくる毎月の金額は増すばかりで、昭和七年の春ごろは毎月三千円になった。これだけは、どんな手段をとっても集めてこい、それがなければ、党は浮かびあがってしまうのだと聞かされた。当時の三千円はいまの金に直すと、三百倍にして九十万円だから、結局、無理なこともしなければならない。

このような事情の下では、あの真面目な大塚有章が、大森の銀行ギャング事件〝おじさん〟となったのも無理はないと思う。あの事件に関連して、いま考えてもぞっとすることがある。私はもう一歩でああいう事件に巻きこまれるところだったのだ。

例のMという中央委員は、あるとき、ソ連ではスターリンが列車強盗をはたらいて、党の資金をかせいだ実例がある、日本でも、場合によっては銀行ギャングをやってもさしつかえないといった。私は、彼を尊敬していたので、その示唆を生まじめにとって、すっかり考えこんでしまったのだ。あのとき、大森の銀行から奪った金の大部分が、Mの手に渡ったことは誰でも知っている。

その上、もう一つはっきりしていることは、Mが警視庁の毛利特高課長のスパイだったということだ。これは当時の検察当局が非常時共産党の関係者全部を逮捕しながら、Mに対しては捜査を打ち切ったことによっても明らかである。アメリカで出版された『日本の赤い旗《レッド・フラッグ・イン・ジャパン》』という本にも、「あらゆる証拠は警察と連絡していたものが彼であったことを示している（拙訳同書六十八頁）」といっている。したがって、あの大銀行ギャング事件には、当時の警視庁もある意味で関係がないとはいえないのだ

私も、上からしじゅうハッパをかけられるので、普通の寄付金を集めているだけでは追いつかなくなり、そのころ洲崎にあった、私立飛行学校の経営に割りこんだ。これはあるシンパサイザーの金をその学校に投資させ、その半額を党に寄付させる目論見《もくろみ》だった。これで党にはかなりの金が入り、私もその学校の理事となった。しかし、党はこんなことでは満足しなかった。

当時日本は、満州事変の後始末から、世界戦争にも突入しそうな情勢にあったので、党は例によって、武力革命の時期が目の前に迫っていると思ったらしい。

岩田はある日、私に、南米の革命で飛行隊が政府軍についたため失敗した例をあげ、この学校を軍事的に利用しろと指令した。間もなく党から二人の青年がきて、この学校で航空術の訓練を受けるようになった。

ところが、これが党内の問題になった。B班——編制替えから事業部となっていたが——のキャップ杉之原は、いくら中央委員だとはいえ、岩田が、自分の下にいるものに、勝手に

そんな指令を出すって法はない、それを黙って受けた君も明らかに統制違反だ、と怒りだした。いわれてみれば、確かに杉之原のいうことはもっともだ。だが、私は杉之原より岩田の方をはるかに信用していたし、それに中央委員の権威を持っている岩田の指令を蹴ることはできなかった。

すったもんだのあげく、私は、杉之原から党活動を停止させられてしまった。腹の中では、それなら岩田も一緒に活動停止処分にするべきじゃないかと思っていたが、そんな抗議をしているひまもなかった。というのは、間もなく杉之原も、私も、いな党全体が、Mだけをのぞいて、社会からシャット・アウトされてしまったからだ。

市ヶ谷に入ってつくづく考えた。要するに私には、マルクス主義はわかっていても、てんで〝階級意識〟というものがなかったのだ。私は、警察や獄裡で、特高刑事や獄吏に対してさえ、階級的増悪を感ずることができない自分を見出した。彼らの生活をみると、まったくみじめで、食うや食わずの月給で自由を縛られ、上からの命令で動いているにすぎない。左翼思想に対しても心からの反感をもっているものは少なく、われわれに対する、あの尊大な態度も、ふだん上役からいじめられている鬱憤《うっぷん》の反動のように思われた。

実際の話、私は彼らを憎むという気持ちよりも、彼らがむしろ哀れにさえなってきたのである。私はこんな自分を見つめながら、自分はとうてい階級闘争などやる柄ではないと思った。

法廷では、マルキシズムは正しいとは思いますが、私は自分の生活が可愛いから、二度と運動はいたしませんと、あっさり転向を表明した。偽装転向などという、ややこしいものではない、これがいつわりのない気持ちだった。人々は私の意気地なしを大いに笑ったが、思いつめたあげくだったので、割合に平気だった。

一審で実刑三年、二審ではもっとあやまって、やっと執行猶予になり、出てきたのが昭和八年の暮れ。しかし、いざ社会に出て見ると、社会にはまた社会の風が吹いている。どんなに耳をふさぎ、目を閉じようとしても、それが意識の中に染み込んでくるのを防ぐすべはない。

そのころ軍部の中国侵略はますます露骨になり、その目標はもう満州から華北に移っていた。そのために、英米との摩擦も激しくなり、世界戦争の危険は目の前に迫っている感じだった。この情勢を前にして、ただ手をこまねいているわけにもいかないと力む前に、私には生活の問題があった。いろいろ考えたあげく、自分のささやかな良心と御茶碗を一緒に満たす方法として、〝生きた新聞〟という月刊雑誌を発行することにした。

私の雑誌によく執筆してくれた一人に、神山茂夫がいた。いまでも神山を思うと、トルストイの『復活』の中に出てくるノウォドウォーロフという人物が頭に浮かぶ。トルストイは、この男についてこういっていた。

「同士諸君は大胆で果敢な点で彼に尊敬を払ったけれど、彼を愛していなかった。彼はまた、なにびとをも愛することなく、傑出せるすべての人々には、競争者に対するごとき態度で接し、できることなら老猾《ろうかい》な牡猿が仔猿どもをあしらうような、あの伝で行きたいと思っていた。要するに、彼が温かい態度をもって接するのは、自分の前に跪座《きざ》礼拝する人たちに対してだけだった」

神山もいまでは人間がずっと成長しているだろうが、あのころは、たしかに若干こういう傾向があった。彼はいまでこそすぐれた理論家として知られているが、その当時彼を認めているものは、ごく少数の人々だった。そして私はその少数の一人だった。彼の有名な国家理論がはじめて発表された場所も、じつはわたしのやっていた雑誌の上で、黒崎和助というペンネームで書いた『日本ファシズム論』がそれである。ところがこれが、共産主義者の間で、少し大げさにいえば、国際的問題をひき起こしてしまったのだ。

その当時、つまり昭和十年ごろ、ソ連の日本への働きかけに、ちょっとした変動があった。大体それまで上海を通じて行なわれていたのが、アメリカからに変わってきたのだ。おそらく日本のスパイ網が完成している上海では、日本共産党を直接援助している証拠をつかまれやすく、したがって日本のソ連攻撃にいい口実を与える恐れがあると思ったのであろう。

ともかくそのころ、アメリカ共産党の日本人部から〝国際通信〟という機関誌を、日本の各団体宛にさかんに郵送してきたものである。その一つに神山の論文に対する批判がとり上げられたので、これが大きくなった。警視庁では、神山が私の雑誌をつかって、党の再建をくわだてているとでも見たらしい。実際はたとえそこまでの証拠はなくても、叩けばほこりのたつ連中だから、そういう事件にデッチあげることは容易だろうと軽く考えたのかもしれない。

ところで私は神山に対して、いま述べたような感情から、いつでも一定の間隔をおいてつきあっていたし、神山にしても、ほんとうに非合法組織をつくるつもりならば、ああいう時代に、合法雑誌を出している私の立場には、一応も二応も警戒心を持つはずだ。だから私たちの間は、かなり親しかったが、雑誌の編集者と執筆者という関係以上、なんら組織的な関係はありえなかったわけである。そのうえ、私にはもう一つ意識的に彼との間に間隔をもたねばならぬ事情があった。

当時、執行猶予中の思想犯は誰でも、毎週のように特高警察の訪問を受けていたが、私の場合は党の軍事部に関係があったので、憲兵隊からも訪問を受けていた。私に階級的憎悪がなかったせいか、彼らも私にあまり悪感情を持っていなかったらしい。とくに憲兵の方は直接逮捕や取り調べに当たらなかったので、むしろ好意さえ持っていたようだ。

あるとき、この憲兵は、私が近く黒崎――つまり神山――の論文掲載から警視庁にひっぱられるはずだ、という暗示を与えてくれた。私は警察と憲兵の下部同士では、職務上の競争意識や軋轢《あつれき》がひどいことを知っていたので、この暗示を真剣に考えはじめ、前もって、いざという場合の反証を集めておいた。

それから間もなく、私は神山らと同時に逮捕された。その日の夕刊には、もう私が神山共産党のアジプロ部長だと発表されるスピードだった。なにもかも事前に仕組まれていたらしい。係は矢野という警部だったが、私は彼らがでたらめな事件をでっち上げるつもりならば、こっちにも反証があるとばかり、証人としてその憲兵の名まであげた。これで彼らの謀略は見事に失敗、結局あれほど宣伝をした党再建事件は、捕まえたばかりの神山はじめ関係者を、全部釈放しなければならない破目になったのだ。

さあそれからが大変、警察と憲兵の喧嘩となった。とどのつまり、その憲兵は私を内地においては、また面倒なことが起こると思ったのだろう、ある日、私にやぶからぼうに、上海にいってくれないかといった。もっともその前に彼は、世界情勢について、私の書いたものを持っていったが、それがどう廻りまわったか知らないが、参謀本部のロシア班の人々の興味を惹いていたそうだ。

私は間もなく日本陸軍の有数なソ連通といわれている秋草中佐と、赤坂の料亭で会うことになった。彼は、もし私が自分の責任で上海に行きつき、ああしたものを書いてくれるなら、現地の生活費ぐらいは出そうといった。なに一つするにも監視されている私にとっては、この国から解放されることはありがたい話だが、これはまた、かなり難しい注文である。執行猶予中の私が、途中で警察に捕まれば、そのまま監獄送りになるわけだ。おいそれとできるものではない。とこうしているうちに、二・二六事件の後に行なわれた左右両派の一斉検挙にあって、またぞろ拘留されてしまった。これで、もういよいよ内地はごめんだ、何としても上海行きを決行しなければならぬと、はっきり気持ちがきまった。

この拘留のあと、特高の監視がややゆるんだ期間を利用して、渡航についての準備をはじめた。まず友人のやっている繊維会社にわたりをつけ、そこの商品見本を手に入れ、会社名の入った偽名の名刺を刷らせた。顔は二ヵ月の拘留ですっかり伸びたひげの中から、都合よく口ひげだけを残した。家に遊びにくる中国人留学生に、かいつまんで事情をうちあけ、上海まで見え隠れについていってもらうことにした。その頃の上海行きは、普通の人には簡単だったが、私たちとしては、どうしてもこれだけの準備が必要だったのである。

案の定、下関で特高の尋問にあった。この関門は名刺を渡して、「ご不審だったら、ここへ電話してください」と、あっさり通過することができたが、長崎での乗船はそんなわけにはいかなかった。もちもの全部を調べられたが、このとき私のカバンにつめこんだ繊維の見本が見事に役にたった。

だが、はじめて上海に行くというのに、取引先への紹介状がない。それまで手がまわらなかったのだ。とっさの考えで、万事、上海の三井物産の友人と打ち合わせがすんでいるからといって、やっと最後の関門を通過することができた。これが私の「支那屋」となった、そもそものきっかけなのである。

謀略の街

上海の桟橋には、日本領事館警察の特高が見張っていると聞いたので、船が桟橋についたときは、どうにも気が落ち着かなかった。それを掻《か》き立てるようにわめきたてる黄包車の群れ、私はその中にかこまれて呆然とたちすくんだ。だが、一緒にきてくれた中国人留学生は、慣れたものでたちまち彼らを撃退し、どこからか雇ってきた一台の馬車に手ぎわよく私を乗せてくれた。その馬車が動きだすと、ようやく周囲に目をやる心のゆとりができて、私ははじめて見る異国の珍しい景観に目を奪われた。

それぞれの国旗をひるがえした各国の建物がずらりと並んだ上海のバンドには、万トン級の外国船がいくつも横づけになっており、その間を、奇妙な形をした中国の小さなジャンクが、川波の上を飛びあがるように揺られている。南京路では二階建てのバスや、真新しいリムジーンが、メダカの群れを追う鯉のように、人力車や手押車を追いちらしているかと思うと、両側に醤油のかめをつんで、腰で平均をとりながらよたよた押している、時代ばなれのした一輪車もある。

馬車が南京路からエドワード路——こんな名前も、その友人がいちいち教えてくれたのだが——に入ると、街は目だって汚くなり、ところどころ市場でも開かれていると見え、これ以上きたなくなりようがない、垢《あか》だらけの中国服をきた男や女が、わけのわからぬ言葉でわめきあっている。今日これから、この人々の間に入って暮らさなければならないと思うと、好奇心よりも、まず懐《ふところ》の軽い心細さがさきにたつ。宮崎滔天がはじめて上海を見たとき、「余は船首に立って顧望低回して遂に泣けり、其の何の故なるを知らざるなり」といっているが、彼もおそらく懐に金がなかったんだろう。

こうしてやっと落ち着いたのが、フランス租界の震旦《しんたん》大学に近い、ユダヤ人の貸部屋だった。当時は排日が強かったので、中国人の家よりも、この方がいいという、友人の心使いだった。貸部屋といえば体裁はいいが、ありようは天蓋から日がさすだけの屋根裏なので、日中はうだるような暑さ。その日から、私の上海におけるエトランジェの生活がはじまった。

朝食は大餅《ターピン》というフクラシ粉のはいらない焼パンと、油条《ユーチャオ》という油であげた、うどん粉のねじ棒。ときにはツハンという、もち米のなかに油条をいれた握りめしですまし、昼と晩は食券制度の学生食堂にかよった。これは一元（日本の一円とほぼ同価値）で七枚つづきの飯《パン》票《ピャオ》というのを買い、一回の食事に一枚わたせばよいのだから、一食が十四仙三厘（十四銭三厘）にしかあたらない。一汁一菜だが、たいていわが友人のグループ四、五人がめいめい違ったお菜《かず》を注文するから、一食十四仙三厘で四、五皿の料理が食べられる。めしだけは、いくらお代わりをしてもよいことになっている。こんなところにも、中国人の鷹揚さが感じられた。

下宿の近所にはフランス公園がある。朝食をすませると、よくそこへ行った。激しい緊張のあとにある、心の真空状態から、まだ抜けきれなかったので、公園の池の端にあるベンチに腰をかけて、ただ空をみつめている時間が多かった。

七月だったので、朝など草地にしっとり露がおりていて、亜熱帯の太陽がその上にきらきらと輝いている。その草地がごくゆるやかな勾配で低くなってきて、自然に池になってしまう、そういう柔らかな感じの池があった。かわせみがよく池のふちにとまって、「私は金魚は食べません」というように、きょとんとこちらを見ていた。池の向こうに、若い男女の学生が、恋人同士でもあろう、手を組みながら、歩いているのを見ると、今まで忘れていた郷愁が胸にこみあげてきた。

しかし、いつまでもこんなセンチな気持ちにひたっているわけにはいかない。旅費ももう残り少なくなっていた。私はある日、中国の友人たちにかくれて、こっそり日本人の多い虹《ほん》口《きゅう》地区に黄包車を走らせた。秋草から紹介されていた喜多少将の官舎は、日本の商店で聞くとすぐわかった。喜多は秋草から連絡があったとみえ、私をすぐに塚本誠という憲兵大尉に申しついだ。世間はせまいもので、その塚本というのは、中学の一年先輩だったのだ。彼は、君のことはよく知っている、まあいいから、当分いまのままで遊んでいろ、そしてなにか面白いことでもあったら知らせてくれ、という程度で、別にむずかしい注文はしなかった。

ここまで書いてくると、お前はいくら左翼運動から身を引いたとはいえ、よくそう簡単に百八十度の転向ができたものだ、という人もあろう。もっともな話である。誰にしても自分の一生をかけた運動から、それほど気軽に転向できるものではない。私の場合も、じつはもう少し話に奥行きがあったのだ。

当時日本では、党はねこそぎ壊滅してしまったが、それでもまだ、真面目な人たちが相当のこっていて、あちこちで、党再建のためのグループをつくっていた。その人々が一番困っていたことは、国外との連絡に信用がもてないことだった。

例のMという人物は、明らかにソ連から帰ってきて、率先して党を結成し、それが大きくなってから、全組織を官憲に売り渡している。しかもその後は杳《よう》として行方がわからない。どうもそれから、ふたたびソ連にわたった形跡がある。そこでソ連の中にいる日本人グループの中に、警視庁のスパイ網が張られているのではないかという疑問が起こり、党再建には、どうしてもこちらから然《しか》るべきものをソ連に派遣し、その点から確かめてゆかなければならぬという意見が強かった。

私はもう実際運動から遊離してしまっていたが、この人たちのためになんとかしてあげたいという気持ちぐらいは残っていた。どんな形でもいいから、海外にでてそのルートを見つけたい、そうすれば、彼らの代表を向こうに渡してやることもできる。そのために、ひとからなんといわれようと、自分としてはただ飛び石の役割が果たせられればいい。いってみれば、まあこんな気持ちが、私の上海行きの奥にひそんでいたのだ。

事実、私が渡ってから二ヵ月目に、神山は反帝同盟のキャップをしていた三浦重道を、私のところに逃がしてきたし、また、岩田義道の愛人だった安富淑子も、私の線で上海に渡ろうとした。

一緒に行った中国の留学生に——もう一つの関係は隠して——大体の考えをうちあけると、彼は、それなら中共と直接連絡するのが一番いいと思う、現在上海では、中共は抗日救国会の中で動いているらしいから、救国会と連絡がつけば、おのずから道が開かれるだろう、と教えてくれた。それはいったいどういうわけか、とたずねると、彼は中国の情勢から、この会のなりたちをくわしく説明してくれた。

当時中国には「走私《ツァオシ》」といって、日本の商品が関税を無視して、どんどん密輸入されていた。いや、密輸というようなこそこそしたものではない。白昼公然と関税法をやぶって入ってくるのだ。中国はその密輸ルートがどこにあるのか、よくわかっているのだが、そこは日本軍に守られているので、手をいれることができない。

こういう密輸ルートの一番大きなものが、一九三五年に通州にできた冀東《きとう》政権、これは中国人の間ではほとんど名さえ知られていない殷汝耕という男が、突然国民政府からの独立を宣言した途端に、日本の軍部がその「国」の周辺を兵力で守っている奇妙な政権なのである。中国が兵を向ければひとたまりもないのだが、なにぶんこの政権は、日本と協定した「非武装地帯」の中にできたものだから、軍隊を送るわけにいかないのだ。

冀東政権ができると、日本商品は大っぴらにその「領土」に入ってきた。この国と中国との「国境」には、中国側の税関がないから、ここから中国本土に流れる日本商品には税はかけられない。いわばこれは、中国の関税壁にあけられた大穴のようなものだった。日本商品は、それを通じて洪水のように中国の市場に氾濫《はんらん》した。

後進国の工業製品が、値段でも、品質でも、日本品におとるのは当然である。それゆえいかに「国貨」愛用を宣伝しても、民衆が国貨よりも日本品に手を出すのは当然である。そしてこの二つの当然から、中国の国産品が、自分の国の市場からしめ出しを食わされる結果になったのも当然である。中国の資本家はその対策として、できるだけ商品の値段をさげて日本品に対抗するため、労働者の賃金を切りつめようとした。だが、これはだめだった。中国の賃金は、すでに最低限度に達していたからである。

当時の上海労働者の平均賃金は、一時間あたり五分五厘《フエンリン》（一九三六年の上海工部局の調査）、つまり一時間働いても日本の五銭五厘、一ヵ月で十四円三十五銭三厘にしかならなかった。女工の多い紡績工場では、平均一ヵ月十円五銭四厘、製糸工場はもっとひどく平均八円二十五銭三厘にしかならない。だからその貧乏の程度は、日本では想像できないものだ。もちろん一軒の「貸家」に住まえる労働者などはほとんどいない。

私は一度、そういう労働者の家を見せてもらったことがあるが、中に入ると、周囲の壁にはみな木の棚が四段につくりつけにしてあった。これがみなベッドで、労働者はただその一つを借りているだけである。一人で一つのベッドが使えるのはよい方で、中には一つのベッドを昼番と夜番に分けて使っているものもある。

だから資本家がどうあせっても、賃金を大幅に下げることはできそうにもない。結局、自分の工場を閉めるか、または赤字の帳簿をながめながら、ただ惰性で営業をつづけているほかはなかったのだ。

こんな状態がつづけば資本家も倒れ、労働者も倒れ、やがては国家そのものが倒産する。さすが孔子の国だけに「これをして忍ぶべくんばいずれか忍ぶべからざらん」と、まず騒ぎだしたのが血の気の多い学生たち。一九三五年十二月、彼らは即時抗戦を要求して、全国いっせいに立ちあがった。上海でも復旦大学の学生が上海北停車場を占領した。今でいう「すわりこみ」戦術である。学生運動の波紋は、みるみるうちに各階層に波及していった。そして、翌年の一月には、上海に全国各界抗日救国会が成立するまでになったのである。

国民政府は密輸が公然と行なわれれば、財政にも穴があき、自分たちもめしが食えなくなるのだから、学生の愛国運動に趣旨として反対する理由はなにもない。だから下級官吏などは、学生と一緒に旗をかついで歩きまわっていた。しかし政府の上層としては、この運動の背景に、若干おそれを抱く理由を持っていた。

　抗日救国運動の波に乗ってゆけば、とどのつまりは対日戦争である。対日戦争ともなれば、日本軍に国土の大部分を占領されるぐらいは当然、覚悟しなければならない。その場合、たとえ最後の勝利をおさめることができたとしても、この戦争が非常な長期戦になり、国民党がへとへとになるのはわかりきっている。この時期を見すまして中共が、戦争の指導権をにぎろうとすれば、国民党はもう処置なしだ。それゆえ彼らは、おいそれと抗日運動を奨励するわけにはいかなかったのである。

　当時の日本の新聞を見ると、あらゆる抗日運動の張本人が蔣介石であるかのように宣伝しているが、これはひどい濡衣《ぬれぎぬ》で、実際は彼くらい抗日運動の弾圧に神経をつかった男はいなかった。これは事実あった話だが、天津である商店が、日傘をさした娘の絵を商標にしてシャツを売り出した途端に警察にひっぱられた。理由は、「抗日」嫌疑である。「日」を防ぐ、つまり「日本を防げ」ということを、絵で表現しているのがいけないというのだ。

　話があまり馬鹿々々しいので、うそだと思う人があるかもしれないから、ここに拙著『上海無辺』（中央公論社版）にのせた茅盾の随筆をもういちどのせてみよう。茅盾は、いうまでもなく現在（一九五八年）中共の文化部長沈雁冰である。

『読者諸君、諸君はわたしの神経過敏をとがめたもうな。実際、近ごろの新聞雑誌のように

××が多くては頭が痛くなる。静安寺路の「花まつり」を見にいった前日、私は新聞で、天津の一商店が「日傘をさした少女」を商標としてシャツを売り出し、「抗日」嫌疑（願わくばここだけは×を用いないことを許させ給え）でひっぱられたという天津電報を見た。私もそれをよく記憶していたので、道ばたで「防雨麦稈帽」という立看板を見るやいなや、この帽子屋さんはなかなかのユーモリストか、でなければすこぶる時勢を知っている「敦睦邦《にっししん》交《ぜん》」論者にちがいないと思いこんだ。そこで私は人を押しわけ、その店の前に行き、その男を見上げた。そのとき私のかぶっていたのは、またどうやら「防雨」の役に立ちそうなソフト帽だった（「日」を防ぐ役にたつかどうかはわからないことを、あえてここに声明しておく）。

　帽子屋は、私が人をおしのけてやってきたのを見ると、買ってくれるものと思ったらしく、すこぶるていねいに応待した。あわてず騒がず冷静に、客観的に人物を観察するのが私の常である。だがこの時、私はこの男に対してすこぶる大きな先入観念を持っていた。私は、ただこの帽子屋がすぐれたユーモリストであることだけを知るだけでよかったのだ。

　これが私と彼とのあいだに取り交わされた問答である。

「この防雨カンカン帽っていうのは、ほんとに水を透さないかい」

「旦那、ご冗談でしょう、値段が廉《やす》いんですよ」

「そんなら〝日〟の方は確かに防ぐかね」

こうひとこと彼をからかって、彼がどんなユーモアで報いるかを期待した。ところが、彼の肥った顔はみるみる日に角がたってきた。ほんとに買う気がないとみて不機嫌になったのか、私の言葉の意味がわからなかったか、そのどちらかだろう。私には買う気はない、残念ながらほんとにそうだった。私はゆっくりその麦稈帽を手にとって見まわした。やはりそれは「友邦」の「宝貨」（註、中国人は日本品を普通「劣貨」といっているが、それを宝貨と皮肉ったのだ）らしく、日を防ぐことさえできそうにもない。だからもちろん雨など防げる代物ではなかった。

うやうやしく帽子をもとの場所において、すぐそこを立ち去った。私はたしかに自分が神経過敏であったことを是認する。この愛すべき帽子屋は、すぐれたユーモリストでもなく、また時勢を解した「敦睦邦交」論者でもない。彼はやや、誇大な広告をしたがる一商人にすぎなかったのだ。だが読者諸君、新聞紙上に××みだれとぶ今日この頃は、明らかに「日」を防ぐ品物でも「防雨」とかかなければならぬことがお判りであろう。けだしこれで諸君が神経過敏にならなければ不思議なくらいだ』

政府のこういうまずい取り締まりのやり方が、国民の反抗を招くのは当然だ。学生たちや救国会の指導者たちは、自分たちがやっている、こんな純粋な愛国運動を、なぜ政府は妨害するか、それは彼らが「売国政府」であるからだ、と頭からきめつけた。

これに対して政府の言い分はこうだ。自分たちも国家を愛する点において、君らと何ら異なるところはない。ただ君らのいうように短兵急に抗日戦争を起こせば、かえって日本の思うつぼにはまることをおもんぱかっているのだ。それに君たちの純情を利用して、短兵急に戦争を起こさせようとしているものが、君らの中に混じっている。彼らのほんとうの目的は、愛国運動にあるのではなく、政府転覆にあるのだから、我々としては愛国運動が彼らに利用されているかぎり、それを弾圧せざるをえない、と、ちょうど終戦後どこかの国の政府がいっているようなことを言っていた。

中共はこういう情勢がくるのをずっと前から見透していた。それゆえ一九三五年の八月一日にでた、いわゆる「八一宣言」は、階級闘争を一時棚上げして、一切の活動を抗日運動に集中する方針を宣言している。したがって救国運動の中には、この方針を実現するために有力な党員が入っていると見た政府も、あながちまとをはずしてはいなかったのだ。当時、日本の侵略がいかに切迫していたとはいえ、救国運動があれほど速やかに発展していったのは、こういう人々の働きなくしては、考えられないことだからである。

こういう事情ならば、中共とつながっている救国会と関係を持つことは、私の考えを実行に移す一番よい方法であったろう。だが、私としては、おいそれとそれに飛びこむ気にはなれなかった。この国にきたばかりの外国人が、こみいった中国の政治運動に飛びこむなどという考えは所詮、自分のものではない、下手な冒険小説からの借り物にすぎないと考えていたからだ。こういう殊勝な考えを持ったのは、じつはその裏にもう一つ別な感情が動いたからである。

人間の弱点に理解のある人にも、私の気持ちはよくわかってもらえると思う。はじめて外国にでた私は、上海で目に触れ、耳にするものすべてが珍しく嬉しく、楽しいので有頂天になったのだ。私はなにひとつするにも人から監視されているような、せまい日本の生活から解放されて、糸の切れたタコのように、ふわふわ浮いていた。

　このような空気の中にひたっていることは、プチブル的だとか、なんとかいう奴がそばにいないことが嬉しかった。妙に眉に皺をよせて、わざと深刻そうな顔をしながら、腹の中では、いかにしてジャーナリズムに名声をあげようか、などと考えている俗物に会わなくてすむことが嬉しかった。私はこの自由な空気を充分に楽しみたいと思った。

　それにはまず、中国語をものにする必要がある。そこで実地に言葉を覚えるために、本による独習をやめてしまい、毎晩のように愛多亜路と西蔵路の交叉点にある〝大世界《ダスカ》〟に通った。北京語や上海語の活劇を聞いて耳をならすためである。はじめは、なにがなんだかさっぱりわからなかったが、二ヵ月ほど通っているうちに、どうやら言葉の感じだけはわかるようになった。

　中国の友人と一緒に街を歩くときなど、電信柱にぶつかれば、これはなんというか、ポストにぶつかれば、あれはなんというかと、いちいちたずねた。乞食がしつこく金をせびりに来ると、これはよい教師とばかり、何を話すか耳をすませた。こうした勉強がどのくらい、私の上海生活を緊張させ、郷愁を追いはらってくれたかわからない。言葉もどんどん上達し、友人もふえてきた。

〝大世界《ダスカ》〟というのは、日本劇場の広さを六つ合わせ、高さを二つ重ねたくらいの建物で、そこには中国のありとあらゆる種類の寄席や芝居がかかっていた。〝崑曲〟もある、〝申曲〟もある。〝京劇《かぶき》〟があるかと思えば、〝話劇《しばい》〟もある。そのほか手品、万歳、活動写真——この方が映画というよりも実感がある。——はだか踊り、軽業の類まであって、しかも入場料は二十仙、いや〝買一送一〟といって一枚買えば、一枚〝送〟ってくれるから、正確には十仙なのだ。

それならはじめから入場料十仙でよさそうなものだが、そうしないところに中国人の計算があった。つまり、入場料二十仙とすれば格式が高いし、その上、もう一枚の切符は家に持って帰っても、次に来るまでになくしてしまう。だから〝名〟あり、〝実〟ありということになる。

私はこの〝大世界〟で単に語学ばかりでなく、中国社会学の第一課をも学ぶことになった。ここに集まってくる中国人は、食うや食わずの毎日を送りながらも、なお人生に幸福のかけらを求めようとする、逞《たくま》しい生活欲をもった人々なのだ。そういう人々のために、ここには見世物ばかりでなく、人間のもつ、あらゆる欲望を満たすものがそなわっていた。たとえば——〝京劇〟の人いきれから逃れて、ぼやっと廻廊などを歩いていると、この世の辛酸をな

めつくしたような中年の男が、にやにや笑いながら近づいてきて、

「先生《だんな》、要不要《これいかがです》」

と、ふところからおもむろに、印刷の悪いパンフレットようのものをとりだす。いわずとしれた春本だ。私は、語学勉強のためと称して、さかんにそれを読んだ。

金聖嘆は雪夜、扉をとざして、禁本を読むのは、人生最大の快楽だと考えていたそうだが、その気持ちは私にもよくわかる。おかげでたちまち中国語のその方面の言葉に精通した。頼山陽の父頼春水の〝春水〟という言葉が、ある性的な液体のことだったり、千葉県という言葉の〝チバ〟という発音は、中国語では男性のシンボルであったり、〝御婦人室〟というのは、中国語にすれば〝婦人を犯す室〟という意味であることを発見し、一人でにやにや悦にいっていた。

ときには、どうにもわからぬ難語にであった。たとえば〝屁精《ピーチン》〟。屁のエッキスとはどういうわけかと友人に聞いたら、屁とは、中国では気体ではない、女性のシンボルの固体であり、転じてそれに対する行為をいう。精《チン》とはその最優秀なるもの、しかして、屁《ピー》の精《チン》なる、男色にまさるものなし、よってそれを意味するなり――と、教えてくれた。

〝両脚八開《リャンチャバツカイ》、老公請来《ラオクンチンライ》〟という文句にぶつかったときには、「城門八の字におっぴらき、さあかかれとわめきけり」というような、講釈師の言葉が思い出されて、思わず声をあげて笑い出してしまった。

こんな文化的趣味にあきたらない人には、もっと直接的なものがある。廻廊の両側にずらりとならんだ〝街の観音〟。〝天使〟といいたいところだが、彼女らは厚化粧で顔がこわばっていて、いっこうに表情がないので、むしろこう呼んだ方が適当だろうと思う。

私はそのころ長い間、人倫の道から遠ざかっていたので、彼女らの一人に恋をしようとした。もっとも私がここで恋をする、というのは英語のMAKE LOVEである。私は内地では妻帯者であり、かつまた御承知のような生活をしていたので、その方面にはあまり足を踏み入れなかった。したがって、いざとなると気後《おく》れがする。

元来、好奇心と恐怖心とは背中合わせのものである。その妓《おんな》のそばに行くと好奇心が後にひっこみ、恐怖心が前に出てくる。そばを離れると恐怖心が後にひっこみ、好奇心が前にでてくる。こんなことを繰りかえしているうちに、ついに決心がついた。

だが、上海のその方面の病気の恐ろしさについてはずいぶん聞かされているから、まず戦闘準備のために、ある薬局を訪れた。中国語では、外套の套の字と、孔子の子の字を合わしたものが、その種のゴム製品だ。つまり外套をかぶった孔子様。私はその外套を買おうとしたのだが、習いたての中国語の発音では、どうしても通じない。薬屋も困ってしまい、「それは一体、何の薬ですか」と聞きかえした。この問いに、気取り屋の私は、手まねで教えることもできず、しどろもどろな返答をして退散してしまった。

しかし、この方面の学習がおろそかになったのは、こんな失敗があったためばかりではない。当時、私の周囲の空気には、そんなことにひたることを許さない厳しいものがあったのだ。中国民衆の日本に対する激しい怒りは、そこここに爆発していた。まず七月十日には萱生という日本人が殺害され、八月二十四日には成都で日本の新聞記者が殺害された。それにつづいて、北海でも日本商人が、漢口でも日本の警官が殺された。

こういう雰囲気に刺激されて、私を上海につれてきてくれた学生のグループが、よく私の部屋に集まってきては、夜晩くまで時局について談論していた。『口角あわをとばす』という言葉は、母音の多い日本語ではぴんとこないが、中国語の場合には実感がでる。いや、本当は実物がでるといった方が正しい。ともかく議論が高潮してくると、頭をぐらぐら左右にふって調子をとりながら、口からは機関銃のようにツバをとばし——といえば、ちょっと大げさだが、今にもつかみ合いになりそうな形勢になる。

私ははじめのうちは、中国語をおぼえるためと思って無理にも聞いていたが、なにひとつわからないので、だんだんつまらなくなり、しまいには議論がはじまるとすぐ、城をあけわたして戸外に退散したものだ。

そのころ、こういう集まりが上海のいたるところで、もたれていたらしい。こんな空気の中に、満州事変を記念する九月十八日が近づいてきた。いよいよその日になると、救国会のデモ隊は、租界当局から辛うじて許された、租界のはずれ、法大馬路《ファタマル》を隊伍堂々と行進した。法大馬路と南市（上海市）の間は、鉄門でさえぎられているが、この鉄門の中に入ることは禁止されていた。しかしこんな禁止が、大衆の怒涛の前にどれほどの意味があったろうか。案の定、そこで大きな騒ぎがもちあがった。門をまもる警官隊との間に、殴り合いがはじまったのだ。

私はその日、一文なしで外に出られなかったので、その実状は見ていない。だが、そのデモの先頭には、白馬——でなかったかもしれないが、この方がごろがいい——にまたがった、救国会の婦人指導者史良女史（後中共の司法部長）があり、彼女が警官に馬からひきずりおろされ、とっくみ合いの喧嘩をして、大怪我をしたことだけは確かである。というのは、この事件によって私は、救国会と急速に結ばれるようになったからである。

血だらけの札束

一九三六年九月十八日のデモがあってから、二、三日すぎたころだと思う。一人部屋にくすぶっていると、友人がたずねてきて、救国会の史良女史が怪我をされたから、これからすぐ見舞いに行こうといいだした。彼は、史良女史はいわば日本のために怪我をされたようなものだから、日本人たるお前は、贖罪《しょくざい》の意味においても見舞いに行く義務がある。それにお前がゆけば、女史はきっと自分の行動が日本人さえも動かしたことを知って、喜ばれるにちがいないといった。

史良といえば噂に高い救国会七君子の一人だから、どんな人だか見るのも見どくと思ったので、さっそくのこのこ友人の後について彼女の家に行った。しかし、残念ながらその日は女史が安静を要したのでお会いできず、ただ名刺を置いてくるだけに終わった。

それから四、五日たったある日の昼さがり、下宿のボーイがにやにや笑いながら、階下に中国婦人が訪ねてきました、と知らせてくれた。私は上海にきてから日も浅く、部屋を訪ねてくれるような女の知り合いはない。なにかの間違いだろうと思いながら、すぐ部屋着をひっかけて見に行こうとした。そのときにはもうドアが強くノックされ、こちらが返事もしないうちに二人の婦人がつかつかつかっと入ってきた。

つかつかっというと、いかにも部屋が広そうに聞こえるが、じつはつかっと一歩はいると、すぐベッドにぶつかりそうな部屋、そこに鰥寡《かんか》孤独——当用漢字で育った読者には鰥の字の説明がいるだろう。これは魚が水の中で寝るのに目をあけているように、夜もすがら寝もやらず目をあけている男のひとりものという意味——の気安さから、私は半裸体でごろっとしていたのだ。先方もあわてたらしい。その一人が史良だとわかったのは、私がやっと部屋着をひっかけて、ともかく座があらたまってからのことである。

もう一人の女性は広東人で、日本の奈良師範を出たひと。女史がこの訪問のためにわざわざ通訳に頼んだのだという。史良は背が高く、肩幅がひろく、顔はひらべったく、見るからの女傑で、彼女が女で君子といわれるのは、若干皮肉が混じっているような気がした。彼女が取っ組み合いをしている現場を見たら、私はおそらく警官の方に同情したかもしれない。彼女だが、話をしているうちに、その目は細くやさしくきらめき、意志の強そうな精悍な表情がくずれて、中からひとのいいおばさん気質がのぞきだした。彼女は私に、こんなことをいった。

「日本の人々は、中国人が日本人を恨んでいると思われるか知れませんが、私たちは決して日本の人民に敵意を持ってはおりません。私たちは日本の人民が、軍閥の圧迫で、中国問題について自分の意見を発表する自由を奪われていることをよく知っております。私たちは日本の中国侵略は、日本人民の意志ではないと思っております。それと同時に、日本の人民がどうしてもっと強くならぬか、どうして軍閥にああいうことをさせておくのか、中国人はそれをはがゆく思っております」

弁護士が職業だけに、いうことに筋が通っている。こういう話題について語るのはやや面《おも》映《は》ゆかったが、ともかく一応深厚そうな顔で相槌《あいづち》を打った。外国人に対してわからなくてもわかったようなふりをするのは、日本人の悪いくせであるが、私はこの場合、そのくせを意識的に利用し、いかにももっともらしい受け答えをしたのだ。

その日の会談は、彼女にあまり悪い印象を与えなかったらしい。それからまもなく救国会の人々が私のためにささやかな歓迎会を開いてくれたのは、おそらく女史のお口添えがあったためだろう。その席には、上海救国会の領袖、沈鈞儒、章乃器、沙千里その他のお歴々が多く出席してくれた。

沈鈞儒は清朝最後の翰林《はかせ》で、上海弁護士会の会長をやっていた。史良も沙千里もみな、この人のお弟子なのだ。頭のつるりと禿げた工合、白い見事な顎《あご》ひげ、いかにも清朝の翰林らしい、高雅な様子で、中国の旧い読書人の持つ教養が現われている。話が興にのってくると、しきりに頭を左右にふりたてる。中国人にこういう身振りをする人はざらにあるが、この人の振りかたはその禿頭と相まってすこぶる特徴があり、いかにも情熱が身うちに溢れた老愛国者の感じがあった。現在、彼は中共の人民最高法院長に出世している。

章乃器は身長五尺七、八寸の大男で、理知的な精悍な感じの顔、すでに四十の坂を二つ三つ越えていた。彼は浙江財閥の本拠、浙江実業銀行の子飼いからたたきあげた副総理であるが、銀行のほかに自ら経済研究所を開き、そこに青年学徒を集めている親分肌の学者でもあった。沈鈞儒はみるからに策のないひとで、人にだまされそうな感じがするが、章乃器の方は眼から鼻に抜ける悧巧さが目だちすぎる。中共になってから糧食部長になったが、この間の「百家争鳴」で、あまり鳴きすぎたために、今では失意の地位にある。

七君子のうちでこの席に見えなかったのは、大学教授の王造時、生活書店主李公樸、星期週刊の編集者鄒韜奮の三人。このなかで鄒韜奮はなかなかの人物だったらしく、今でも多くの青年が彼の名を慕っているので、中共は彼を記念して、彼の名を冠した書店をもうけている。沙千里(後、中共の地方工業部長)とはよく話さなかったので印象が薄い。二枚目の扮した温厚な銀行員といった感じである。

この当時、救国会をとりまく国内情勢は非常に複雑で、その中国政界における立場は微妙なものがあった。中国の大金融資本——これを蔣介石政権とよんでもいい——は、前にもちょっと触れたように、抗日運動を喜ばなかった。しかし、国民の前で喜ばない顔を見せるわけにはいかないので、かなり複雑な顔色を示した。中国語でいえば〝皮笑肉不笑《ピーショーローブンショー》〟つまり、口もとの皮だけ笑って肉は笑わないという顔である。

当時の彼らはなによりもまず、中国を強力な中央政府の下に統一しようと焦《あせ》っていた。そしてこの努力は、英米の援助で着々と実現しつつあった。江西省の「勦共《そうきょう》」は一応成功し、中共は遠く陝西の山の中に追い込まれた。もし日本がよけいな妨害さえしなかったら、蒋介石はもうひと息で、中共の軍隊だけはなんとか処理したかもしれない。そして彼は、中国を曲がりなりにも統一したかもしれない。この二つの『かもしれない』のうち、中共勦滅の方には日本は決して反対しないが、国家統一の方には若干異議があった。そのわけは簡単だ。統一した中国が『満州国』を認めるはずはないからである。

ともかくそのころ、日本は中国に〝共同反共〟を迫っていた。すでに反共どころか〝討共〟を実行している国民政府に、こんなことを迫るのは、羊羹《ようかん》を食べている人に、汁粉にかけて食えとすすめるようなおせっかいだ。

このおせっかいには、もちろんウラがなければならぬ。国民政府はそのウラをよく知っていたので、日本のおせっかいをいいかげんにあしらって、できるだけ時間をかせごうとした。そしてその間に中共を処理し、国家を統一して、日本の干渉をはねかえすだけの力をもった強力な政権をつくってしまうことが絶対に必要だと考えていた。だから中国の大金融資本は、救国会の抗日運動に対し、趣旨として反対の理由は見出せないまでも、下手に動いて蔣介石のプランを滅茶滅茶にするような活動には、充分反対する理由を持っていたのだ。

これに加えて蔣にとって、もうひとつ頭の痛い問題があった。もともと蔣介石の国家統一は、中共の絶滅が当面の狙いだが、それが進行するにつれて、これまで各地に割拠して半独立の地位をもっていた軍閥や、蔣介石直系以外の各党各派の勢力を当然消滅させてゆく。このことなくしては、国家統一は意味をなさない。だから、蔣介石の統一運動が進展するにつれて、彼らの不安はますばかりだった。しかし彼らとしても、正面から国家統一運動に反対するだけの大義名分がない。

では、彼らは手をこまねいて、蔣介石のなすがままにしていたのだろうか。そうではない。彼らはこの苦況を打開するために、民衆の輿望《よぼう》をになっている救国会の抗日運動を支持したのである。それは抗日運動が進展し、もし〝抗日国防政府〟というような挙国政権が実現すれば、彼らもその中に参加することができ、他の各党各派と連合することによって、蔣介石の勢力を掣肘《せいちゅう》することもできると思ったからだ。

彼らにこういう計算がなかったといえないのは、当時救国会を積極的に支持していた張学良（東北軍閥）、閻錫山（山西軍閥）、白崇禧、李宗仁（西南軍閥）、馮玉祥（西北軍閥）、李済琛、陳銘枢（十九路軍）、宋慶齢（反中央派）といった顔ぶれを見れば、うなずけることである。こんなわけで救国会はいつのまにか、反蔣的諸要素の結び目と見られるようになった。したがって、蔣介石の救国会に対する弾圧はますます強くなり、七君子の身辺には険悪な空気がただよっていたのである。

私はこういう空気を多少知っていたので、この歓迎会の席上、救国運動は国内闘争もさることながら、この際、もっと日本の人民に対する呼びかけに力を入れたほうがよくはあるまいかという話をした。この話には、章乃器と沈鈞儒がいちばん乗り気になってくれた。ぜひそういう活動は必要だと思うから、別に機会をつくって、もっと具体的に話そうということになった。

こうして彼らと四、五回、個人的な会合を持っているうちに、お互いに中国の内外情勢を親しく語りあうほどの間柄になった。ある日、確かこれは十一月のはじめだったと思う、章乃器氏が私の部屋に訪ねてきて、いつにないしんみりした口調で、中国のさし迫った現状をかいつまんで話してくれた。そして最後にこうつけ加えた。

「現在、中共の剿討にあたっている張学良の兵士たちは、すっかり内戦を嫌がってしまい、武器を放棄して逃亡するものが続出しています。中国では誰が出ても、中国人同士お互いに戦わせることは不可能だということが、やがてわかるでしょう」

私は今でも、この言葉がはっきり耳に残っている。あるいはあとから続いて起こった事件と思いあわせて、頭の中で幾度も反芻《はんすう》した結果、印象が強くなったのかも知れない。章乃器からこの話を聞いて間もない、その翌月の十二日、章乃器がいったように、「中国人同士を戦わせることは、誰がでても駄目だ」ということが、事実のうえにはっきり現われたからである。この日、張学良の兵士を、かつて中共軍と戦わせようとした蔣介石は、かえって彼らのために西安に監禁されてしまったのだ。この事件がやがて、彼をして抗日戦争に踏み切らせる直接の動機となろうとは誰が予想したろうか。

日本は蔣介石に、抗日運動を弾圧しろと迫っていたが、抗日運動がもし救国会だけの運動であったならば、蔣は簡単にそれに同意したであろう。しかし、救国会の背後には中国の民衆があり、また実力をもった地方軍閥があった。蔣介石政権は、これらの連合体、いわば蔣一家をのぞいた中国全体を弾圧し得るほど強くはなかった。それゆえ、蔣に対する日本の圧迫が強くなって、もはやどうにもできなくなれば、彼がむしろ国民とともに立つことによって、その政権の保存をはかろうとするのは当然なことだ。それを如実に証明したものがこの西安事件なのである。

それ以前の蔣は、日本の圧力が強くなればなるほど、中国の国内統一を急がねばならぬと考えていた。したがって、抗日を要求する国民の声には耳をかさず、長い苦しい「長征」を終えて、ようやく陝西にたどりついた中共に対して、新しい剿共作戦を展開していた。今度の剿共作戦の正面の担当者が張学良の東北軍と揚虎城の西北軍であったことは、やはり蔣の〝国内統一〟の方針にもとづく高等政策から出たものであろう。

東北軍は一九三一年以来、日本軍にその郷里を奪われていた。彼らはいつかは抗日戦の先頭に立って日本と戦えるだろうと、ただその日を待っていたのだ。だが、現実に彼らが戦っているのは日本軍ではなく、同じ中国人の中共軍だった。しかもこの内戦はいつ果てるとも知らず、日本と戦う希望はますます薄くなってゆく。これが彼らの不満のたねだった。

剿共の先鋒隊のモラルがこんな状態では、作戦が進捗《しんちょく》するはずはない。蔣介石は、急速にこの状況を改善しなければならぬと考え、十二月七日、それに対する具体案をもって西安にとんだ。彼は東北軍、西北軍に新たな攻撃命令を伝え、もしそれに従わなければ、彼らを中央軍によって武装解除してしまうつもりだった。

張学良も、蔣介石がなにを考えているかをよく知っていた。張個人としては、おとなしく蔣の命令に従うつもりだったかも知れない。だが、彼をとりかこむ西安の情勢には、彼の力ではどうにもならないものがあった。ここは中共の『中国人は中国人を撃たず』の宣伝が、軍民の間によくきいていて、蔣介石が西安に入るやいなや、内戦反対の学生デモが起こり、蔣の憲兵隊と衝突して二人の犠牲を出したほどだ。

もし張が、蔣にしたがってこのうえ〝内戦〟に向かって、部下を駆りたてようとすれば、彼自身も部下から見棄《みす》てられたろうし、また彼の命令では、東北軍は動かなかったであろう。そこで彼は、蔣に対する個人的情誼《じょうぎ》を越えて、この大勢にしたがう決意をしたのだ。十二月十一日、すなわち蔣介石が東北軍の武装解除をほのめかした翌日、彼は秘密裡に東北軍、西北軍の将校会議を開き、その翌日決行すべき〝西安事件〟の筋書きを書き上げた。

この運命の日、蔣介石は西安から十マイルはなれた臨潼に、わずかの親衛隊とともに宿泊していた。その夜明けがた、そこにおどりこんだ約二百名の東北軍は、たちまち親衛隊の武装解除を行なった。こうして蔣介石の運命は一瞬にして、張とその兵士たちの手に握られてしまったのだ。

張学良はすぐに、中共代表周恩来、葉剣英らを呼んで会議を開き、『国民政府を改組して民主的政府を作ること』『即時内戦を停戦して抗日戦争を行なうこと』というような八ヵ条の要求を蔣につきつけた。そのうちの七ヵ条は、中共がこれまで国民党に要求しつづけてきたものである。蔣介石が頭からこれを蹴ったことは想像にかたくない。

西安事件が南京に伝わったとき、南京政府は蔣が二度と南京に帰ることはないであろうと断定した。政府はこの事件は、張が中共と結託して起こした『叛乱』だと考えて、政府の発表にも〝叛乱〟という言葉を用いている。それゆえ当然、武力討伐によって、大義名分を明らかにすることが第一に考えられた。こういう主張の下に集まったのは、南京政府の右翼、何応欽、張群、陳立夫、汪精衛などの反共派、これに反対して集まったのが宋子文、宋慶齢、孫科など、政府内部で英米派として知られている自由主義的傾向を持った党派だった。

英米派も、原則的には、もちろん中共には反対なのだが、彼らはその取り扱いについては、反共派とやや異なった見解をもっている。抗日運動の背後に、中共の活動のあるのはわかっているが、それを警戒するのあまり、抗日運動の本質を見失ってはならない。日本の侵略がつづくかぎり、中国には抗日運動が必要なのだ。いわんやこの際、中共を憎むのあまり、当然大規模な内乱となるような討伐を行ない、日本の中国侵略を助長するような結果を招くようなことは避けるべきである。これが英米派の根本的態度だった。こうして両派の間に激しい暗闘が起こり、蔣のいない南京政府は二つの陣営に分裂しそうになった。

反共派は、米英派に対するクーデターを起こしても中共討伐を敢行しようと思っていたが、十二月十五日、蔣介石がまだ生きているということがわかると、彼らの態度は非常に緩和された。反共派も、さすがに蔣介石の生命を危険にさらすようなことはやりたくなかったのだ。

これはなにも蔣に対する愛着からではない。国民党内の多種多様な勢力の結び目として、蔣介石ほど適当な人物は見当たらなかったので、党がもし彼を失えば、内部の軋轢《あつれき》の圧力だけで国民党が崩壊しそうに見えたからである。その結果、十二月二十日、南京政府は叛乱軍と一応交渉の腹をきめ、宋子文と顧祝同を正式代表者として、西安に送ることになった。蔣夫人宋美齢がそれに同行したのはもちろんである。

西安における交渉は、決してスムーズなものではなかった。談判はいくたびか決裂しそうになった。その決裂を辛うじて救ったものは、個人的な感情から離れた、高い理知と中国人の国難に対する共通の責任感だった。

ともかく、国民党は、十数年にわたる中共との闘争に一応ここで終止符を打った。もちろん彼らは、国共合作を心から希望したのではない。彼らはなお中共を嫌い、それを警戒していた。だが、これと妥協しなければ彼らの最高領袖の生命があぶない。いなそれは、事を大にすれば中国の統一を破り、国家を滅亡させるもととなると思ったからである。このような国共合作の性格は、一言で言えば『反共』を内包する『容共』だが、これだけの変化でも、当時の情勢下では中国を抗日戦争に駆りたてるには充分だったのだ。

私はこういう情況を見つめながら、いまここで日華両国が開戦すれば、今までのような、なになに事変ではおさまるはずはない、日華両国の国をあげての大戦争になると感じた。祖国敗戦主義の理論のうえでは、帝国主義日本が、中国の固い壁に頭をぶっつけて崩壊することは喜ぶべきことなのかも知れない。だが、その間に出るであろう数百万、数千万の戦争犠牲者のことを考えると——非人間的な、ばけもののような精神を持っていないかぎり——それを歓迎する気になれようか。たとえそれが、日本の帝国主義を倒す唯一の機会であったとしても、だ。

救国会との接触によって、時局がこういう結果に向かって驀進《ばくしん》してゆくのを、切実に認識するようになった私は、この戦争を食い止めるために、なんでもいい、私なりの努力をしなければならぬ、と感ずるようになった。戦争はもちろんあらゆる要素がぶつかったり、結合したりして起こるものだが、この場合、日本軍部の意志が、一番有力な要素であることは、はっきりしている。この戦争を食い止めるためには、軍部がその考えを変えるようにしむけるのも、ひとつの道である。この際、彼らに、この戦争の相手方が、今までのような不統一な中国ではないこと、したがって戦争が起これば、非常な長期戦になり、結局へとへとになるのは日本であることを知らすことは大事なことだと思った。

幸い私の身近には、塚本という、軍部の中央につながるひとがいるので、私はこの線を通じて、幾度となく報告を書き、意見書を提出した。そのなかで中国の政治情勢を詳細に分析し、蔣介石に圧迫を加えることによって、彼を抗戦運動から引き離すという考え方が、いかに間違っているかを説明した。こういう仕事が外部からスパイだとか、情報屋とかいわれるなら、なんとでもいえ。これは日華七億の人間の平和な生活にとって、なによりも切実な仕事なのだ――。

だが当時は、こんな意見が通る時代ではなかった。そこには人間の理性などでは、どうにもならない時の力がうごいていた。西安事件で蔣介石が、抗日戦争に踏み切る決心がついたのを待ち受けるようにして、華北の盧溝橋では、日本軍と中国軍の衝突事件が起こった。この事件が、やがて日本の主要都市の大半を焼き尽くす戦争のきっかけとなろうとは、当時だれが想像したろうか。

歴史は夜つくられる

中国の知識階級は、日本の中国侵略には、周波の法則があるという。日本が武力で、ある地域を占拠すると、中国はいちおう泣き寝入りするまで休息して、時期を待つ。やがてその時期になると、今度はさきに占拠した地域に近接する地域に向かって、新たな潜行活動を起こす。そして徐々に、その地域の民衆のモラルを破壊し、つぎの侵略準備を進めてゆく。いよいよ準備工作が完成したと思われるころ、軍隊が出動して、その地域を占領する。このように軍隊の出動——休息——潜行活動——をくりかえしながら、結局、中国全体を蚕食《さんしょく》しようとしている、というのだ。

このような見方からすれば、七月七日、盧溝橋に起こった事件は、日本の潜行活動から積極活動に移る前ぶれと見られたのはもっともなことである。ともかくここに至るまでには、つぎのような経過がたどられている。

日本が一九三一年に東三省を占領してから、しばらく休息の時期があった。そして三三年からふたたび活動がはじまり、熱河と山海関が占領された。山海関は華北を制する交通の要衝、この要衝を起点として、一九三五年までに、天津、山海関の鉄道路線の各所に兵営がつくられ、スパイ網ができあがった。こうして一九三六年までに、日本は北京――天津、北京――漢口両線の交差点である豊台《フォンタイ》に兵営を持ち、また北京付近の重要都市には、大抵のところに特務機関を設置していた。それゆえ、この年はすでに公然たる武力侵略に移る、充分な準備ができていたと見られる。盧溝橋事件は、ちょうどこの時期に起こったのである。正確にいえば一九三七年七月七日午後十時、満州事変も九月十八日の午後十時だったが、歴史はやはり夜つくられるものらしい。

この日、日本軍は兵士に実弾を持たせて、暗夜の演習を開始した。演習中、一人の兵士が見えなくなった、といって、その捜索のために、中国軍の守備している宛平城に入ることを強要した。その結果、双方の間で小銃の撃ち合いがはじまった。

どちらが先に撃ちだしたか、そのようなことは問題ではない。あのような緊張した空気の中で、暗夜に戦時武装の日本軍が、中国軍の守備区域に入ろうとしたところに問題がある。だが、このような問題は、問題にならず、問題になったのは、中国軍がいつものように頭をさげて日本の謝罪要求に応じないことだった。そればかりでなく、日本軍は宛平、盧溝橋区域の明け渡しを要求し、そのうえに、この事件に関しては、国民政府の介入を許さない、といった。一国の中央政権が、国内のある地域に起こった事件について、口出しができないというのは、その主権を外国に委譲したにひとしいものである。いやしくも独立国たる中国のできることではない。

そこで全中国はわきたった。中国はこれに屈してはいけない、国をあげて立つべきだ、という抗戦請願書は、中国の隅々から、蔣介石の手許に集まった。それまで、国家の独立を代価としないかぎり、平和を持続する努力を放棄してはならない、という考えをもっていた蔣介石も、ついに立って、ぎりぎりの決意を発表する時がきた。七月十九日の盧山会議で、彼はこういった。

「われわれは弱い民族として、自分自身の力を正確に知らなければならない。この数年来、われわれは、国家再建のために平和を維持しようとして、どのくらい努力したかわからない。それゆえ、私は昨年ここでこう述べた。少しでも平和の希望が残っている限り、われわれはそれを棄ててはならない。隠忍自重の限界に達しないかぎり、われわれは軽々しく犠牲を説いてはならない、と。しかしながら、いかにわれわれが弱国の民であろうとも、不幸にして〝最後の関頭〟に達したならば、われわれのなすべきことはただ一つ。われわれの血潮の最後の一滴まで、国家の独立のために捧げることである。……

東北四省は、六年前にわれわれから奪われた。それにつづいて塘沽《タンク》協定ができた。そして今また戦火は、北平の城門に迫っている。もしわれわれが北平を見棄てるならば、わが国五百年の古都、華北における政治、文化、戦略の中心はここに失われる。今日、北平は第二の瀋陽《シンヤン》（奉天）である。……もしも北平が第二の瀋陽となるならば、南京が第二の北平となることをどうして防げるであろうか。北平の確保こそ、民族全体の生存に関する問題なのである」

　蔣介石のこの宣言は、全中国のいわんとするところを尽くしていた。国民は一人のこらずそれに共鳴した。もう政見の相違は問題ではない。蔣に対する個人的憎悪も消し飛んでしまった。蔣介石に反抗して、日本に亡命していた政治家（郭沫若）は、帰国して抗戦を誓った。十年間、蔣介石のために牢獄に入れられていた思想家（陳独秀）は、喜んで蔣の下で働きたいと申し出た。蔣介石に反対して、三度反蔣政府の外交部長となった外交官（陳友仁）も、公然と蔣介石の支持を表明した。

　このときの日本が、蔣介石の声明の中に含まれた真剣な決意を、正確に読み取り、かつそれによって巻き起こされた全中国の風潮を冷静に観察することができたら、あるいは戦争は避けられたかも知れない。だが日本は、全中国がはじめて完全に一致したこの歴史的瞬間に目を閉じていた。日本は、いままでの中国にはまったく見られなかった、全民族の団結を見落としてしまったのだ。

　当時日本の国民は、となりの中国のこういう事情を知っていたろうか。日本のジャーナリズムというものは、いつも決定的瞬間に、決定的な事実を、国民の耳目からそらすことが一つの役割であった。当時少なくとも日本の大新聞に表現された盧溝橋事件の経過は、ここに述べたものとまったく違っていたことは、われわれの記憶になまなましい。そこには日本は終始一貫、平和的現地解決に努力しているにもかかわらず、中国側は一度も誠意を示していないという主張が、毎日のようにのっていたはずだ。しかし、ここにいう現地解決とは、中国の中央政府を介在させず、華北の地方政権だけで、日本と領土主権に関する重大な協定を結べ、ということなのである。

立場を変えてみれば、この要求の矛盾ははっきりする。これは外国が日本政府を通さず、北海道庁だけと領土に関する協定を結べということなのである。これは独立国が耐えられる限界をはるかに越えている。中国がいかに弱国としてのコンプレックスをもっているとしても、これに応ぜられるものではない。いわんや、西安事件以後の中国は、これまでの中国ではない。蔣の盧山声明は、ただ全中国のまとまった意志に表現を与えただけである。それゆえ、たとえ日本の恫喝が、単なる恫喝に終わらず、戦争の危険をはらんでいても、中国はもはやこの一線から後に退くことは考えられなかったのだ。

盧溝橋事件が上海に伝わると、全市民は、今度は上海にもかならずなにごとかが起こるだろうと思っていた。ちょうどそのころ、正確にいえば、七月二十四日の夜九時半、日本人の居住地のようになっていた虹口の北四川路を、三人の日本陸戦隊員が巡邏《じゅんら》していると、突然、一人の日本人に呼び止められた。その男は今、日本の水兵と中国人が殴り合いの喧嘩をしていたが、やがて水兵はどこかへ拉致《らち》されてしまったと報告した。そして現場で拾ったという、その水兵の帽子を三人の陸戦隊員に渡し、呉淞路《ウースン》八四号岡崎良雄という彼の住所、氏名を告げて立ち去った。

陸戦隊本部では、以上の報告にもとづき、ただちに約一千名の巡察隊をくり出して、虹口一帯を捜索した。その夜は、ひと晩中、陸戦隊の装甲自動車が街を右往左往し、武装水兵による通行人の誰何《すいか》が行なわれ、軒なみに家探しがつづけられた。

時期が時期だけにこのような、実戦さながらの騒ぎが、中国人に与えたショックは大きかった。中国人の頭にすぐぴんときたのは、前の上海事変〝一・二八〟の記憶である。またそらまた始まるぞというので、人々はあわてふためいて虹口地区から逃げ出した。水兵失踪の報告があったときから十二時間以内に、この地区から逃げ出した中国人は一万人以上だったが、それからの毎日は流言蜚語《ひご》が、それからそれへとひろがり、蘇州河を南へわたる避難民は、洪水のように止まらなかった。

蘇州河以北の地域は、十二・九七平方キロで、共同租界のそれは、ほぼその倍の二十二・五九平方キロであるが、一ヵ月のうちにこの大都市の三分の一が、もう一方のほうに移ってしまったのだ。それは都会そのものの引っ越しといった方がよい。

租界の家という家は、たちまち避難民でいっぱいになった。そんなことでは収容しきれるものではない。金のない人々は家財をかこんで、ちょっとした空地や道路の両側にたむろして日を暮らした。大通りは真ん中に車の通るところだけを残して、あとの全部は人で埋まった。これらの人々の排泄するものは、「山を流し谷をうずめ」というと、だいぶことが中国式になるが、事実そのころちょっと表に出ると、まずぷんと鼻をつくのはウンコの臭いだった。

さて、これだけの騒ぎを起こすきっかけとなった水兵の方はどうなったろう。盧溝橋では、失踪した兵士を探しに日本軍が宛平城に入って、小銃の撃ち合いとなったのだから、上海で陸戦隊の装甲自動車が、南京に入って機関銃の撃ち合いとなる公算は充分にある。だから中国側は、そんなことをされないうちに、早くその水兵を探し出そうと真剣に日本に協力した。その結果、すこぶる怪しい事実が発見された。三人の陸戦隊員をよびとめて、水兵の失踪を報告したという、例の岡崎良雄という人物が、呉淞路のどこにも、いな上海のどこにも見つからないということだった上海市長兪鴻鈞は、さっそくこの事実をつかんで、日本の岡本総領事に抗議を申しこんだ。

「日本軍がいわゆる水兵の失踪事件について充分な調査もしないうちに、戦闘武装で中国の領土内を自由に活動することは、非常に遺憾であります。……私は虹口の閘《ざ》北《ほく》の騒ぎを聞きますと、すぐ租界警察と一緒に、この事件を調査するために調査隊を出しましたが、その結果、怪しい点が二、三発見されました。たとえば、この事件を知らせたという男の名前も住所もでたらめです。また、その男のほかに目撃者がなかったという点もおかしいと思います。

この事件が、この街でもっとも人通りの多い場所の一つで行なわれたというのに、ほかに目撃者がなかったというのは、じつに驚くべきことです」

岡本総領事はおそらく、この理路整然たる兪市長の言葉に、さぞ恥ずかしい思いをしたことであろう。事実、岡崎という報告者が出てこないのだから、なんといわれてもしかたがない。このころ、日本側にはすでに三権分立という珍現象が現われていた。つまり陸、海、官当局が、それぞれ独自の立場で行動し、特に陸、海両当局の失敗を、外務当局がいつも尻ぬぐいをさせられる傾向である。林語堂のやっていた〝論語〟という雑誌は、そのとき、日本の軍人が野糞をしちらかしているのを、後から塵取りと箒をさげた外交官が、鼻をつまみながら片づけている漫画をのせて、これを皮肉った。

しかし、それからまもなく判明したこの事件の真相は、日本にとってもっとばつの悪いものだった。七月二十七日、鎮江の船頭が揚子江で泳いでいる一人の男を拾いあげた。どうも日本人らしいというので、すぐ県庁に引き渡し、調べたところ、この男こそ上海の半分を空家にした、有名な水兵だとわかったので、身柄はただちに南京の外交部に引き渡された。南京の外交部では、まず彼の口述書をとったうえで、日本総領事に引き渡した。

これであれほどの大騒ぎを起こした、水兵失踪事件の謎がとけた。ありようは、この気の弱い水兵がオフ・リミットになっているあいまい屋にいるところを、同僚に見つかり、処罰が恐ろしくなって脱走したというだけなのだ。陸戦隊本部もさすがに面映ゆく思ったのか、大川内司令官は、こんなつまらぬことで、上海市を大騒動させたことに対して遺憾の意を表する声明書を出した。

しかし、この事件の発起人、岡崎良雄という人物は結局、現われなかった。岡崎がほんとうに女のまたから生まれた人間なのか、それともまた、陸軍に対抗して盧溝橋に負けない事件を上海に起こそうとした、海軍参謀の頭の中から生まれた人間なのか、そのところはいまだにはっきりしていない。それはともかくとして、日華両国の空気が緊張している際、このような些事をもとにして、外国の領土内で、武装した兵を動かすことじたいが、〝戦争挑発〟という言葉で表現されてても、さしつかえないことなのだ。それからまもなくおこった虹《ホン》橋《チャオ》事件も結局、問題の核心はここにあると思う。

陸戦隊司令官の謝罪的声明で、やっと腰のおちつきかけた上海市民は、八月九日、黄浦江を遡上してきた九隻の日本軍艦にびっくりした。だが、きもをつぶすのはまだ早い。それは、その日の午後五時三十分まで待つべきだった。ちょうどこの時刻、虹橋飛行場で二人の日本軍人が射殺された。この中国の飛行場は、時局がら中国軍によって厳重に警備されていた。そこに武器を持った日本の軍人が入ってきたのだから、当然誰何される。誰何されても言葉がわからず、返事のかわりに発砲すれば、反撃されるにきまっている。その結果、双方に死傷者の出るのはあたりまえだ。

だが、こういう理屈は日本軍には通らなかった。水兵事件で面目を失った陸戦隊司令官は、ここでふたたびそりかえる機会を与えられ、強硬な声明を発表した。これに対して中国側は、事件の共同調査を申し込んできた。しかし日本側は、「これこそ中国側が事件解決を遷延するためだ」といい、「この暴行の犠牲者の声明を無駄にしないように、海軍当局は充分に監視することを堅く決心した」という不気味な声明でこたえた。この固い決心を裏書きするように、日本の軍艦はぞくぞく黄浦江を遡《さかのぼ》ってきた。

八月十二日には、陸戦隊は戦闘態勢をとり、虹口の要所要所には、機関銃陣地が敷かれた。中国側がそれに応じて、戦闘体制をとったのはもちろんである。こうなってはもうしかたがない。上海市長と岡本総領事のあいだで、相手が発砲しないうちは、お互いに発砲しないという協定をしたが、それは潮の押し寄せるのを紙一重でせきとめようとする努力に似ている。すでに矢は弦を離れたのだ。

上海戦争は、その翌日からはじまった。戦闘開始わずか二十四時間以内に、上海市は二万人の犠牲者を出し、五十万人の人々が家を失っている。この数字だけでも、この市街戦の残酷さがわかると思う。

この日ひと晩中、私はフランス租界の下宿にすくんで、機関銃や小銃の音を聞いていた。あけがた疲れてぐっすり眠ったとみえ、眼をさましたときにはもう九時に近く、亜熱帯の太陽が、ベッドの端にまで射し込んでいた。窓の外から雑音に混じって、奇妙な叫び声が聞こえてくる。耳をすまして聴《き》くと、「要不要小孩子《ヤオプヤオシヨーハイツ》」と叫んでいるようだ。

塀ごしに通りを見ると、道端の溝のところに三十くらいの田舎女が、三つくらいの男の子を前に座らせて、通行人に子供を買ってくれ、と叫んでいるのだ。上海の租界に逃げ込めば安全だと聞かされてきたものの、きてみれば知り合いもなく、食物を買う金もないので、せっぱつまって子供を売ろうとしているのだろう。かわいい男の子で何もわからず、母親の前にちょこなんと座っている。「要《ヤオ》不《プ》要《ヤオ》……」といいながら、母親の語尾は涙でかすれていった。

私ははっとした。昨日の戦闘の結果はどうなったのだろうか。虹口はもう陥ちてしまったろうか。すぐ、ボーイが持ってきてくれた、枕もとの中国紙をむさぼるように読んだ。どの新聞にも日本軍の旗色が悪く、虹口の陥落は今日、明日のように書いてある。もういても立ってもいられない不安に駆られた。何のための不安なのか、自分には正体がつかめない。自分の生命がどうなるかという顧慮ではないらしい。やはりこういう場合になると、ふだんは赤血球のかげにでも隠れていたらしい〝祖国〟というものの運命が気になるのだろう。ともかく、自分の目で現場を見てこようと思った。

そのころ、私は蒲石路《ルーブルジエ》のフレンチ・クラブの裏の下宿にうつっていたが、仕度をするとすぐ表に出た。蒲石路の裏をぬけて愛多亜路の大通りに出てみると、道の両側は、居座った避難民でいっぱいで、道路の中央だけ自動車がやっと通れるぐらいにあいている。それも自動車が通ってしまうと、すぐまた避難民でうずまってしまう。ほとんど肩と肩がすれあうようにして、その間を歩いて行く。人々の中には、私が日本人だと気づいたものもあったろう。だが、大砲の音があまりに近いので、自分のことのほかはなにも考える余裕がなかったのか、誰ひとり私に危害を加えようとはしなかった。

愛多亜路から同孚路《トンフル》を通って静安寺路《チンアンスル》にでた。この通りは愛多亜路よりもずっと落ち着いている。やはり上海は大都会だ。まだ二階のあるバスが通っている。私はおりよく前に止まったそのバスに乗り、二階に駆けあがった。さすがに今日は、戦場に近いバンド行きはすいている。車窓から下の通を見ると、その混乱がよくわかる。一台の黄包車に老人を乗せ、そのひざの上に高々と家財をつんで、一家揃って押して行くのがあるかと思うと、腹の大きい女房を小車にのせ、背に山ほど荷物を負った亭主が引いて行くものがある。車もなく男手もなく、家財を負ったまま、道にへたばっている女たちがいる。誰もが一刻もはやく、戦場から遠ざかろうと焦っているかのように見える。

バスがちょうど大新公司の前にかかったころだった。飛行機が急降下でもするような音響が聞こえた。人々はいっせいに窓から空を見上げる。飛行機！　と思うまもなく、六、七機の編隊が、黄浦江をかすめて虹口の方へ飛び去っていった。その瞬間、〝ドウーン、ドウーン〟とつづけざまに空気が震動した。バスの窓ガラスがぴりぴりいった。中国の飛行編隊が、虹口バンドに碇泊している日本艦隊に爆撃を加えたらしい。

乗客はわれがちに、停止したバスから飛びだした。気がつくと、車の中は私だけになった。

バンドの方角には、もうもうと黒煙があがっている。高射砲がつづけざまに、白い小さな綿雲のような煙のかたまりを空にうちあげている。やがてわあーっという声が聞こえると、バンドの方から恐ろしい人の波――なかには血だらけの負傷者をまじえた――が押しよせてくるのを見た。誰もかれも、西に向かって血まなこで走ってくる。恐怖にうたれた群衆は東に向かう、あらゆる交通を押し返し、大通りはたちまち東から西に流れる、真っ黒な人の洪水になった。その人々をせきたてるように、高射砲がひっきりなしに鳴っている。

今バスから下りても、とても虹口には行かれそうもない。バスの運転手も逃げてしまった。広いきれいな応接間の窓から、外をながめるような気持ちで、よく晴れた真夏の空にパッパッと現われる綿雲を見上げながら、私はすっかり腰を落ち着けてしまった。

よくびっくりして腰が抜けるというが、ことによると、そういう状態からきた落ち着きかもしれない。ものの三十分もそうしていたのだろうか、やがて下を流れる人間の潮流の速度が、いくぶんゆるくなったころ、私は長い時間訪問していた友人の家から出るような足取りで、バスから下りた。とても虹口に行けるだんではない。そのままもときた道を引き返すことにした。なるべく人通りの少ないところを通って行こうと、静安寺路《バブリング・ウエル・ロード》から邁爾西爾路《ルー・マルシエール》の方に直角に抜けた。それがかえって悪かったのだ。

私の後ろで「東洋人《トンヤンニン》！」という声がした。ちょっと振り返ると、二、三人、人相の悪いのがついてくる。こんなときにも多少は理知が働くらしい。下手に逃げだしたら駄目だ。群衆というものは動物のように、弱いものを追いかけるときは非常に大胆になるものだ。私はわざと無関心をよそおって、後ろもふりかえらず、ただ少し足を早めて歩きつづけた。後ろの気配がだんだん険しくなってくる。何を言っているか、もう耳に入らない。頭の中から血がひいてゆくのがわかる。ただ最初にかかってきた奴には痛い目をみせてやろうと、ポケットに忍ばせた〝肥後守〟を握りしめた。いかにも頼りない武器だが、最初の奴が血を見れば、つぎはしばらくかかってきまいという、はかない希望がこれにかかっていた。だが、これを使うときは、もうおしまいだという考えも、働いていた。私はただ蒼い顔をして――多分そうだったろう――すたすた歩いた。

群集は、私がはっきり日本人だとはわからなかったのだろうか。それとも、ますます激しくなる大砲や高射砲の音に、わが身の安全について危惧が高まってきたからだろうか。私の後をついてくる、人の数はやや減ってきたようだ。そのとき、高射砲の逸れ弾でも、近くに落ちたのか、一段高い炸裂音がした。私はその危険から身を避けるかのように、急に足を早め、路地に駆けこんだ。それからどこをどう駆けたかは記憶していない。下宿に駆けこんで、ばたっとドアを閉めきっても、群集のざわめきが耳から離れず、いつまでも動悸がとまらなかった。

抗日モッブのデモ

租界では、その日から中国人がいきりたち、日本人と見れば殴り殺した。黄浦江に繋留された日本の軍艦を爆撃にいった中国機の落とした弾——といっても五十キロの爆弾だが——が二発も租界の中に落ちて、数千人の負傷者が出て、その死体がマグロのようにトラックにつまれて、運ばれてゆくのだから、無理もないことだった。

ひどい目にあったのは日本人ばかりではない。日本人のいる虹口に行くのをこわがって、租界にとどまっていた朝鮮の人々、中国人でも日本人に似ている広東人、それにフィリピン人も、よく日本人と間違われて災難にあった。日本にもきたことのある、フィリピンの拳闘家のマヨなども、群集にノックダウンされたが、さすがにそれが商売だけあって、死にもせず病院に運ばれた。しかしやっと回復して、退院した途端にまた殴られ、ふたたび病院に逆もどりした。

街には恐ろしい流言蜚語《ひご》がみだれとんだ。多数の漢奸《ハンデエン》（売国奴）が、日本軍にやとわれて、井戸に毒物を入れたり、家に放火したりしているという、悪質のデマだ。フランス租界の金《チン》神父路《シンフル》では、夫が病気のために医者から薬びんをもらって帰ろうとする婦人が、群集からよびとめられた。持っている薬びんは毒物じゃないか、と聞かれた。群集の後の方では「毒薬じゃないか」が「毒薬だ」ということになってしまった。そのうちに、誰かが「漢奸だ！」とどなった。それで万事おわったのだ。後でやっと事情がわかったときには、この婦人はもう冷たくなっていた。

モップというものの恐ろしさを、目のあたりに見たのは、忘れもしない八月十六日の朝である。その日、外から聞こえるワーという群集の叫びに、あわてて飛び起きた。窓から目の前に見えるフレンチ・クラブの空地には、何千何百という群集がひしめいていた。何者かがフレンチ・クラブの裏門のなかに逃げこんだらしい。それを追う群集が、門を破って中に乱入している。そばにフランスの守備兵や巡捕もいるが、どうにもならない。ただ傍観するばかりだった。

やがて、中から二人の男が手足をとられて、広場の真ん中に引きずり出された。その周囲に黒山のような人がたかったかと思うと、ものの五分とたたないうちに散ってしまった。あとには二つの死体が横たわっていた。周囲の群集は、急に関わりあいになるのを恐れるように四散してしまった。後でわかったことだが、この二人はやはり日本人で、その近所に店を開いていた日仏薬房の雇人だが、パンを買いに出たところを捕まって、こういう目にあったということだ。

自分としては、日本がこの戦争に勝って、中国侵略をやりとげることを欲してはいなかったが、目の前で二人の同胞が殺されるのを見たとき、やはり血の滾《たぎ》るのを、感ぜざるを得なかった。自分だけは〝日本人〟というワクから離れて、戦争を見つめることができると考えていたが、そんなものは、こういう現実の試練のまえに手もなく、崩れ去った。それでは日本が勝つことを心から希望していたのか、そうではない。自分でも説明できないこの矛盾に、ただ無性に腹が立ってきた。

その日の午後、ドアが急にノックされたときは、モップが私をひきずりだしにきたのではないかとぎょっとした。おっかなびっくり開けてみると、以前、救国会関係でちょっと知っていた、Tという女の子だった。明日重要な話があるから、フランス公園の正門前にある、K職業学校まで来てくれという。

ときがときだけに、さすがにはっとした。ことによると、彼らが私と塚本との連絡について、なにか臭いをかぎつけ、それを詰問するのではあるまいか。自分としては、中国に不利なことをやったという良心の痛みはないが、内容はどうあろうと、日本の軍部と連絡しているという事実は、それだけで彼らからリンチを受ける価値は充分にある。いまさらそんな弁解はしたくない。そうした場に いったら、黙って死んでいこう。

こんな気持ちで、翌日、友人を護衛にして会合に出てみた。それは救国会関係の抗日学生行動隊の集まりで、意外にも彼らは、私をあくまで信用して、一緒に虹口に潜入して、破壊や情報の工作をやろうという相談だった。集まった者は、女学生をまじえた三、四十人の学生だった。戦争で気がたっているので、議論はいやがうえにも湧き立っている。私の方はだんだん気が滅入ってくるのをどうにもならなかった。

彼らにいわれるまでもなく、日本が中国を侵略しようとしていることはよくわかっているが、現在わずかの兵力で、大軍に囲まれている同胞を、背後から撃つような真似がどうして自分にできようか。私は自分の考えが、どうしても〝日本人〟という民族的範疇を超越し得ないことを知って、その場にいたたまれなくなり、早々にそこから退散した。救国会との関係も、もうこれまでだ。

下宿に帰ると、三浦重道から、これからの方針について相談をうけた。彼は、前にもいったように、内地で実刑の判決を受けたまま、神山の紹介で私を頼って逃げて来た人で、戦争がはじまると同時に、私の部屋に避難していたのだ。彼はこれ以上、租界にいてもしかたがない、このどさくさの中では、警察の方も思想犯には注意しないだろうから、この際、虹口に行って、兵隊相手の商売でもしたいというのだ。

これはしごくもっともな考えなのだが、私としては若干こまる問題があった。万が一、彼が検挙でもされたならば、私自身、軍の金を受けているだけに、彼の同志からなんといわれても申し開きができない。私としては、彼が日本人の密集地帯に行くのなら、警察がたとえ三浦君を捕らえようとしても、それができないようにしておかなければ、安心ができない。私はこの問題を塚本にうちあけて、なんとかしてもらおうと思い、もう一度危険をおかして虹口に行こうと決心した。

その翌日、まだ暗いうちに家を出る。すぐ高い金を出して黄包軍を雇うことにした。この方が途中の危険が少ないと思ったからだ。愛多亜路を大世界《ダスカ》の前までくると、わずか二、三日の間にすっかり様子が変わっているのにびっくりした。ここは戦争のはじまった日に、五十キロ爆弾が落ちたところだが、死体はきれいにかたづいていた。

だが、道路に面する窓という窓は、残らず吹き飛ばされたままになっている。コンクリートの上には、爆弾が落ちたあとが、二間四方くらいの大きな穴になっていた。大世界の向かい側の三階建ての屋根のうえに建てられた、〝紅錫包香煙《ホンシバオシヤンエン》〟の大きな広告板は、爆風でボロボロに焼けこげている。その下では避難民や通行人が、その日の惨劇を忘れたように、いつものとおり活発に動いている。やはり上海だな、と思った。

黄包軍をバンドでおりて、ガーデン・ブリッジまで歩いてゆく。さすが通行人は少ない。黄浦江の上には出たばかりの太陽が、朱塗りの盆のようにかかっている。近ごろ朝早く起きたことがないので、それがいかにも怪奇なものに見えた。ときどき黄浦江の河向こうの家の後ろあたりから大砲がひびく。それに返事でもするように、ダダダンと虹口側の大砲が煙をはく。こちらは軍艦から撃っているらしい。

　ガーデン・ブリッジを渡ろうとすると、陸戦隊にとがめられた。「日本人です」というと簡単に通してくれた。ブロードウェイ・マンションの前を通り、電車道に沿うてゆくと、左側の軒下に、若い陸戦隊員がうつぶせに倒れて死んでいた。後ろから便衣隊にでも狙撃されたらしい。血は一ヵ所に固まっていて、蠅がくろぐろとたかっている。

　ふだんはひとでごったがえしている呉淞路にはいっても、人通りはほとんどない。小銃の流れだまが飛んでくるので、できるだけ建物に密着して歩く。銃声や砲声の間に、不気味な静けさに支配される時間があった。今渡ってきた蘇州河の向こうの世界のあの雑踏を思うと、同じ上海でありながら、こんな不気味な静寂の世界があるのが不思議だった。

　文路の日本人倶楽部の前には、四、五人の日本人が血の気のない顔をしてうろうろしていた。戦況は非常に不利で、楊樹浦の方からタンクをもった中国軍が、虹口クリークのすぐ向こうまできているという話だ。そこで電話を借りて、やっと塚本大尉との連絡がついた。彼はすぐ自動車でやってきて、

「まだ生きていたのか、連絡がないので、今度はやられたろうと思っていたよ」

といった。私は挨拶もそこそこ、三浦のことを話し、彼は私の手足だから、どんなことがあっても、虹口の警察に捕まえさせないようにしてくれ、と頼んだ。彼が私のあげた理由を、言葉どおりに信じたとは考えられなかったが、場合が場合だったので、案外、簡単に引き受

けてくれた。彼としては、そんな小さなことは問題ではなかったかも知れない。

間もなく私は、心の重荷を下ろした気安さで、ガーデン・ブリッジを南に向かって歩いていた。バンドの左側にある英国大使館の大門には、凄まじい戦争の空気にそぐわない、きらびやかな服装の番兵が化石のように突っ立っている。それを珍しいものに見ながら、軽い足どりでバンドに進んだ。

横浜正金銀行のところにさしかかったとき、ふと私は、誰かに尾行されていることを感じた。こういうことをいちはやく感じる本能は、非合法生活の経験からきたものであろう。後ろをふりかえって見たい衝動を押さえ、そのまま七、八歩進んで、右側の壁にはられた工部局の布告の前で立ち止まり、それを見るふりをして、ちらっとわきを見た。一目で相手がわかる。二人いる。

私が立ち止まったので、先方が急に歩調をゆるめた動作が、私をつけている何よりの証拠だ。ここで二人をまいてしまわなければ、とても家へは帰れないと思った。だが、普通の手段でまけそうな相手ではない。いずれ抗日除奸団とか、なになに行動隊とかいう人たちで、ガーデン・ブリッジを渡ってくる中国人や日本人を、計画的につけているのだろう。

バンドから少し奥に入って、中国人の密集したところに行ったとき、私の後ろからただ一言「東洋人《トンヤンニン》！」といって殴りかかれば、ピストルもいらなければ、匕首《あいくち》もいるまい。後はフレンチ・クラブの広場でよく見せてもらった通りだ。しかし今さら、虹口にとってかえすことは私の自尊心が許さない。人間というものは、こんな場合にも見栄がついてまわるものなのかと、こんなことを考える心の余裕はあった。

私は〝江戸っ子〟の末裔《まつえい》のせいか、根っからの気どり屋である。人前では、大胆そうにふるまっているが、その実、弱気のかたまりのような人間であることは自分でもよく知っている。しかし、大胆を気どることが、つまり人に崩れるところを見せたくないということは、臆病をささえる大きな支柱でもある。

この場合もそれだった。私はそのまま知らん顔をして、先へ歩いてゆく。カセイ・ホテルのところまでくると、急に右に曲がった。このホテルの裏通りは人通りがほとんどない。角を曲がるとすぐ歩みを止めて、その入口で彼らのやってくるのを待ち受けていた。

どうする気でもない。相手が私をつけて来たのでなければ、そのまま行き過ぎようし、つけてきたのなら、逃げ出すだろうと思った。相手は私が一定の間隔をもって、先に歩いて行くものと思っているのだから、私がその角で彼らの鼻の先に跳び出すとは、夢にも考えなかったらしい。相手が安心して姿を現わした途端に、私は真正面に向き合った。自分に害心のあるものは、相手にも害心を予想する。これが人間の弱点なのだ。彼らは私に、ここで待ち伏せされたと思ったらしい。

ともかくあまりとっさのことで、考えるひまもなかったというのがほんとうのところだろう。はっと顔色を変えると、そのまま二人ともバンドの方に逃げ出した。私はやっと虎口を脱したのを感じた。心にいささか安心ができると、急に恐ろしくなり、大急ぎで黄包車を雇い、そこを逃げ出した。だが、その車はたまらなくのろく感じられ、家に入るまで安心ができなかった。

下宿では、三浦が心配しながら待っていた。彼はいつも、私がどう見ても日本人にしか見えないからといって、私が外に出ることを危ながっていたくらいだから、私のその日の行動を軽率だと言って怒った。彼の気持ちはよくわかるが、その日、虹口に行ったことについては、ひとこともほんとうのことは言わなかった。いや言えなかったのだ。

悪徳の都

上海の戦闘で、中国軍の気勢のあがったのはたかだか一ヵ月くらいだったろう。日本の増援部隊が続々と到着するようになると、周辺の要害は、たちまちその手におちてしまった。中国軍がこれまでと違った激しい抵抗力を示し、どんな場所からの退却にも、日本軍に高い代価を支払わせたことは事実だが、結局は兵器の差がものを言った。十月二十六日には、上海の死活を制する大場鎮が陥落し、十一月十二日には南市が占領された。これで上海付近の戦争は事実上、終わりとなったのだ。

上海の租界は、周囲を日本軍にとりかこまれてしまったので、中国人はなかば詠嘆的にこれを〝孤島上海〟とよんだ。だが、この名称ほど、上海の実質にそぐわぬものはない。上海は決して中国の領土からも、また世界からも孤立させられてはいなかったのだ。

近代戦争が武器の戦争よりも、より多く経済戦や思想戦であるならば、中国が日本と戦った戦場は、奥地よりもむしろこの街の中だったのである。まず思想宣伝戦をとってみよう。当時の上海は中国の上海ではなく、世界の上海だった。ここで展開された宣伝戦ほど、この戦争が世界戦争の一環であることを明瞭に示しているものはない。そこには中国と民主主義国家群の強固な連合戦線ができていた。

新聞界は戦争のはじめ、大公報、申報、新聞報、時事新報、神州日報、立報などが一流紙として抗日の筆陣を張っていたが、上海陥落と同時にできた日本側の新聞検閲制度を嫌って、自発的に発行を停止してしまった。しかし、以前から外国籍の華字紙としてあった大美晩報、大美報、華美晩報は、発行人が外国人名義であったために、日本側の新聞検閲をうけず、中国側の立場からものが言えたので、租界の中国人はむさぼるようにそれを読んだ。

このような事実を、敏感な上海の新聞人が見のがすはずはない。たちまち名義だけを外国籍にした華字新聞が続々と発行され、やがては申報、新聞報のような一流紙までが、米国籍として再出発した。これらの新聞は日本の検閲ばかりでなく、国民政府からも、以前のような製肘を加えられなかったから、記事はいまだかつて見ない活発さを呈した。

放送界も大きな影響はうけなかった。国民政府は直接、ここに放送局を持たなかったが、米国系の大美晩報電台XMHC、英国系の民主電台XCDN、フランス系の法国文化電台XFFZが、それぞれ中国語放送の時間を通じて、電波の対日共同戦線を展開していた。英語放送では華美電台XMHAのカロル・アルコットが、特異のニュース放送で、租界の中国人を激励していた。

日本軍ははじめ、ここを包囲することによって、上海を中国から切り離すと同時に、英米勢力からも切り離せるものと考えていたようだ。が、事態はまったく反対の結果になってしまった。陸地の連絡を絶たれれば、海上から連絡するほかはないので、上海租界の生活は、ますます英米の船舶にたよらざるをえなくなった。この関係をもっとも具体的に示したものは、上海の食糧問題である。

その当時、上海の租界には、戦禍をのがれて逃げこんだ人口三百万、以前からの住民百五十万、合わせてざっと四百五十万の人口が集まった。この人口の消費する米穀は、毎月二万四千トン、戦争前、その米穀の大部分は揚子江筋から移入され、外国から入るのはほんのわずかだった。たとえば、一九三六年度の数字をあげて見ると、国内米の移入高は二百二十二万石だが、外国からの輸入高は九万二千石。ところが戦争以来、この割合がまったく逆転してしまった。たとえば一九四〇年には国内米の移入高はわずか七万八千石、これに対し外国米の輸入高は、三百九十二万石。このおかげで米価はあがるにはあがったが、最初、上海人が恐れていた暴騰は避けられた。こうして彼らは、毎日の生活を通じて英米とますます密接に結びついたのだ。

各国がばらまく宣伝工作費、戦時貿易の発展、駐屯兵の落とす金は、みな上海に畸形的な繁栄を起こす力があった。そのうえ、各地から戦争を避けて上海に流れこんだ資本は、巨大な遊資となって、外国為替、外国貨幣、ゴールドバー、米、綿花などを買いあさり、いやがうえにも戦争ブームを煽りたてた。

戦争ブームの特徴がもっともよく現われたのは、やはり上海がもともとそのために知られている享楽の世界である。中国人はこのころの上海を皮肉って、〝六館の天下〟といった。六館とは賭館、煙館、飯館、舞館、妓館、殯義館《ひんぎ》である。ここには前から競馬場やドッグ・レース、ハイアライなどという賭博を目的にした娯楽があったが、日本軍の勢力範囲には、もっと原始的な「さいころ」賭博場が発達した。

これらの賭館のわきには〝戒煙所〟とか〝談話室〟とか、人ぎきのいい名前をつけた阿片吸飲所（煙館）が設けられた。麻雀賭博に場所を貸したり、妓館をかねたりする飯館、つまり「打つ、飲む、買う」が一ヵ所でできるホテルはいつも客満《まんいん》だった。舞館とは大小のキャバレーである。そのどこをのぞいても、戦時給与で懐のあたたかい各国の兵士たちでいっぱいだった。三流どころのキャバレーが軒なみに列《なら》んでいるフレンチ・バンドの朱葆三路などは、前から〝血だらけの街《ブラッディ・ストリート》〟という物騒な名を持っているが、この辺りでは各国兵士のダンサーの奪い合いから、毎夜のように喧嘩があった。

殯義館には若干説明がいる。中国人は誰でも、死んだら故郷の土になりたいと願わぬものはない。少し面子のある遺族は、貧乏人が一生かかっても御目にかかれないような大金をはらっても、死者の遺骸を、その故郷まで送りとどける。戦争で上海が封鎖されてしまったので、いくら金をつんでもそれができなくなった。そこで死体のあずかり料をとって、運搬のできる日まで預かろうというのが、この商売なのだ。ともかく、五百万の人間がごったがえしている街、死人にとってもひどい住宅難で、殯義館の場所代は驚くべき額にせりあがった。しかし、何といっても戦争には女がつきもの。この方面の需要を満たす妓館は、上海全市がそれだといっても言いすぎはしない。戦争でこの大都会に身一つで流れてきた女たちや、戦争で失業した夫や子供たちを養わなければならなくなった女たちの行く道が、ここに大きく開かれていた。彼女らの数があまりに多く、在来の商売屋で収容しきれなくなり、街には色々な形の新商売が現われた。

しもた屋にトルコ風呂という看板があがる。その下に〝女子擦背《ニューツアパイ》〟と、小さく書き加えられている。つまり女の三助、この三助が客をもむのか、もまれるのかは上海のよい話題になった。また嚮道社《シャンダウセ》という看板があがった。つまり、上海の面白いところに客を案内する女ガイドである。ところがここに来る客は、上海中を知りつくしたような男だが、嚮道女《ガイド》の方は、蘇州あたりの田舎から、二、三ヵ月前にこの街に逃げてきたものばかりだった。

虹口の日本人社会も、租界の繁栄をよそに見てはいなかった。日本の兵士たちは、前線からここにくると、明日を知れない生命のために、今日を享楽しようと街を漁《あさ》りあるいた。

商人たちはパンを、菓子を、石鹸を、エロ写真を、生命がけで租界から仕入れてくると、右から左へ三、四倍の値段で兵士たちに売った。兵士たちは故郷から持ってきた金をつかいはたすと、どこから持ってくるのか、血だらけの法幣束《さつたば》をごっそり持って来ることさえあった。しかし、こういう略奪物も虹口商人の悪辣なものにかかっては、たちまち二束三文に評価され、価値の百分の一にもたらぬ商品と交換されてしまった。

日本人の中には、虹口の家屋から中国人が逃げ出したのをよいことにして、その家屋を無断で占拠してしまうものが多かった。彼らはほんとの持ち主が出てきても、家を明けわたさず、高い金をとって他に転売してしまったり、持ち主に返すにしても莫大な修繕料をとったりした。

中国人のために物資移動の許可書をとったり、隠匿物資の摘発をやったりすることも、日本人のよい金鉱の一つだった。日本軍の占領地域に置いたまま、とりに行けない中国人の物資を、租界まで移動する許可をとってやれば、それだけで巨額の謝礼が懐にとびこむ時代だった。こうした悪徳の金をつかんだ〝にわか成金〟が、毎夜のように歓楽街に落とす金は、たちまち虹口にも、租界にまけないブーム・タウンをつくりあげた。ここでも大砲の音の遠のくのにつれて、サキソホンが高くひびき、サーチライトにかわって、料亭から明るい灯が漏れるようになった。

ともかく一九三七年から三八年のはじめにかけての上海ほど、悪徳の不思議な刺戟《しげき》に満ちた街はない。ダンスホールというダンスホールは、何かの形で、戦争という大量殺人に結び付くイージー・マネーを手にいれた人々で、昼間からごったがえしている。それに憤慨した愛国者が飛びこんで、ひとくさり憂国の演説をぶつ。そのあげくのはてに、敗残兵のもってきた手榴弾かなにかを床にたたきつけて、ちょっとした物音をたてる。だが、その翌日からホールという入口に武装した巡捕がたって、ダンスを擁護してくれた。

戦争がまだ蘇州河の北で行なわれていたころなら、パーク・ホテルの屋上サロンで、ハイボールのグラスを片手に、戦争を見物するものもいた。人々は落ちてくる爆弾が目標の家屋にあたるかどうかに、酒代を賭けていた。

しかし一方では、ジャキノ僧正が南市に設けた難民区に収容された約三十万の難民から、毎日数百人の餓死者が出ていた。断わっておくが毎月ではない、毎日である。南市と租界を隔離する鉄門の前を通ると、その鉄棒の間から、無数のやせた手がさしのべられている。しかし、それは租界の同胞に握手を求めるためではない。ただ人々のポケットにひそむ孫中山《ぎんか》と握手する機会を期待しているのだ。

その鉄門のこちら側の〝犬の競馬場〟逸園《カニドローム》では、グレーハウンドをよく走らせるためにはどんな肉料理がよいかが真剣に討論されていた。この賭博場では、毎夜数百万元の売り上げがあった。ここではいくら損をすることも自由であるし、また損が大きすぎて、女房に顔向けのできなくなったものが、黄浦江に飛びこむことも自由である。上海はそんな日常茶飯事をいたむセンチメンタリズムは、微塵も持ちあわせていない。街の中に爆弾がいくつ落ちようとも、夜ともなればいつもと同じように、昼間のあらゆる醜悪を、その明滅する光の波でおおってしまったのだ。

その頃、租界の華やかさと裏腹に、私の生活はひどく暗いものだった。塚本がほかの部署に移ってしまった関係だろう。私は中国の軍隊の移動とか、租界に入りこんだテロ団の本拠とかいったものを調査しろ、と言われて途方にくれた。私にはそうした仕事はできそうにもない。それまでは自分の報告が、軍の中国に対する考えを変えるために多少役立つと思い、そこに良心の安定点を見出していた。だから仕事にも張り合いがあり、かなり勉強もした。ところが、自分の仕事に意味がないことがわかると、もうどうにもやる気がしなかった。といって、すぐあっさり身を退《ひ》くにも退けない事情があった。私自身が執行猶予中を逃げてきているばかりでなく、自分の仕事で三浦の安全を保証している関係があるから、下手に軍人の機嫌を損じてしまえば、そのまま二人とも刑務所入りだ。こんな関係で、いやだ、いやだと思いながら、結局、お茶を濁していなければならなかった。

仕事には興味がなくなる、中国の友人たちには離れる。そして一人ぽつねんと敵意にかこまれて生活しているのだから、いいかげん腐ってきた。こういう場合に良心を眠らせる普通の方法は、酒と女である。私は酒の方は生来、大嫌いだった。しかし、女の方はそれほどでもないので、勢いその方面に淫することになった。環境が環境なだけに、遊ぶにもビクビクものだったが、恐怖もまた刺戟であるかぎり、それさえも歓迎したいほど腐っていたのだ。

ある晩、私は裏町のその種の家で、人間が太古から誰でもやってきたことを、誰でもやるようにやっていると、それまで私の腕のなかで目をつぶっていた妓《おんな》が急に「来了来了《ライラライラ》……」と叫びだした。私はあらゆる国の女が、こういう瞬間に使うエクスタシーの表現がほとんど共通なことを知らないわけではなかったが、そのときは、とっさに誰かきたのかと思ってはね起きてしまった。あとで「しまった！」大変なときに大変な意味をとり違えたものだと思ったが、もうお祭りはすんでいた。

長い禁欲生活の反動のせいもあったろうし、中国の女性に対する好奇心も加わっていたであろう。私は上海のそういう場所の危険などは、かえりみる余裕はなく、あらゆる場所を徘徊した。

南京路や四馬路を歩けば、そのけばけばしい長衫《チャンサン》と、紅の濃い悪どい化粧で、すぐそれとわかる野鶏《ヤーチ》。彼女らは男と見れば、そっと身近によりそって「去否《チユイバ》」（あそんでゆかない）と低い声で呼びかける。いつのまにか後ろから、彼女の商売を監視している中年の鴇母《やりて》が出てきて、しつこくすすめる。話がまとまると、妓が先に立って歩き出す。こちらは気取り屋の本性を出して、そんな女には関心がないというような顔つきで、一定の間隔をたもちながら、後をつけて行く。表通りから脇道に入り、ややこしい裏街を抜けて、二、三町も行くと、上海にこんなきたないところがあったかと思うほどの、うらぶれた弄堂のなかの一軒の前に止まる。

鴇母が大声でわめきたてると、同じ年かっこうの阿媽がのぞき、うさんくさそうにこちらをじろりと見てから戸をあけてくれる。身を斜めにしなければ通れないような、狭いはしごを通って、女の部屋、いや、部屋というよりも、薄い破目板で一つの部屋をいくつにも仕切っただけのもの、その破目板の向こうにも、ただならぬ人の気配、やはり「徳は孤ならず、かならず隣あり」だ。

約束の金を渡すのを待っていたようにして、妓は客の前ですっぽり長衫を脱ぐと、その下着はいつ洗濯したかわからないような、しみだらけのシャツと褲子《パンツ》だけ。妓はその褲子を下ろし、かたわらにあった大きな痰つぼの上にまたがった、と見ると、シャーッという水音をたてる色気のなさ。

妓の身の上話を聞くと、日本軍の占領地から逃げてきたものが多いのに驚いた。田舎にいれば日本の兵士に「セイコ、セイコ」されるから——そのころは中国人の間に、こんな妙な日本語が使われていた。あるひとは、この言葉は秀吉の朝鮮出征以来、中国に伝わっているのだという——知人をたよって上海に来たが、来てみれば、その知人はすでに亡く、金のない女はやはり「セイコ、セイコ」のほかに生きる道はなかったと嘆いて、そのあげく「先生《シーサン》、我苦来西《アラクレン》」という。

その噂がどこまでほんとかというようなことは問題ではない。客が身の上話を聞くのも、とくに女の身の上に興味を持ったからではない。客としては、会ったばかりの女とけだもののようなことをする前の照れ隠し、食卓にのぼったローストチキンソースに薬味をかけるようなものだからだ。

こんな不潔な遊びに淫しているうちに、私はある日、「せい部戦線異常あり」と気がついた。さっそく医者にみて貰《もら》ったところ、案の上あれである。いうなれば、東亜のせい戦で名誉の負傷を負ったのだ。そういう場所に出入りする場合には、ずいぶん防備をしていったのだが、芸術家の広東娘にあって、つい羽目をはずしたのが運のつき、といっても読者にははっきりすまい。広東語で「芸術《ガイソ》がある」というのは、北京語の〝床工《ツァンタン》〟つまりあの方面で、独自の技巧をもっていることだ。なにしろペニシリン以前の時代だったので、治療には非常に金がかかった。

人間はひとたび理想を失うと、たわいなく堕ちてゆくものである。私はこの金を得るために、だんだん手段を選ばなくなった。はじめは虹口の商人の仕事を手伝ったり、ゴールド・バーのやみ相場に手を出したりしたが、生来商才のない私は、どれもこれも大したことはなく、結局はもとでいらずで大きな儲《もう》けのある、物資の運搬をねらうようになった。

ある中国人から、上海の郊外周家渡《ツーカト》の先にある八字橋という村に、大量の豚の毛が隠してある、軍からそれを租界に運び込む許可書さえ取ってくれれば、二万元だそうという話があった。当時の二万元は今の五百万円くらいに相当する。これだけの金を握って、今までのけちな生活から抜け出ることができたら、と考えた。軍に関係があったので、ともかく現場に行って、現物があるかどうか見ることだけは許された。

周家渡というのは、蘇州河の上流にあって、激しい戦闘が行なわれた場所である。堤の上の道路のあちこちは、中国軍の掘った塹壕で穴だらけになっている。道路の上の死体は片づけられていたが、ちょっと脇道に入ると、すぐもう真黒くなった中国兵の骸骨が、ヘルメットをかぶったまま空をにらんでいる。道路にはところどころ「この下に地雷あり」という札がさげてある。付近の農民たちは逃げてしまったらしく、ほとんど人影はない。

一時間ばかり歩くと、蘇州河がだんだん狭くなってきた。来るとき中国人の依頼者から、地図で示してもらった、豚の毛の隠してある竹藪というのが遙か前方に見えてきた。道路から小道づたいにそこに行こうとすると、橋のたもとではじめて日本軍の歩哨から誰何された。歩哨は五十に近いおやじさんだったが、私を日本人だと知って、戦争は桜の咲く頃には終わりそうだと言っているが、ほんとうだろうかとたずねた。

今の様子じゃそんなに早くは終わりそうもない、と言ったら淋しそうな眼をしていた。そして前方の竹藪のへんは、中国兵が、杭州湾から上陸した日本軍と、蘇州河北岸をおしてきた日本軍に挟撃《きょうげき》されて、全滅したところだと教えてくれた。

小道を進んで行くと、軍服を着て、胸に手榴弾をつけたまま、黒くミイラのようになっている中国兵がごろごろしている。はじめはよけて通ったが、あまり多いので、しまいには跨《また》いで通った。

とうとう目指す竹藪にたどりついた。驚いたことには、機関銃の掃射のためであろう、巨大なかみそりで切られたように、竹の上の方はきれいに刈りとられている。足もとに注意しながら、こわごわ中に通ずる小道を行くと、たしかに豚の毛の入っているらしい箱は多少のこっていた。

だが、それは土嚢《どのう》がわりにでも使われていたのか、最後まで戦ったらしい、手榴弾を胸にした中国兵のミイラや骸骨が、折り重なってその上に倒れていた。竹林の隙間からかすかにさしこんでくる落陽は、いくすじか白い光の線を、後光のようにその上に投げかけていた。

私は突っ立ったまま、じっと見つめていたが、やがて大急ぎでその場を逃げ出した。気味が悪くなったんじゃない。この愛国者たちの最後まで守っていたピル・ボックスを、二万元で租界に売ろうとしている自分が、あまりにも恥ずかしくなったのだ。

間もなく私は租界に向かって、蘇州河の堤の上をひたむきに歩いていた。すでに落ちかかっている冬の日は、私の黒い影を、大きく長く河面にうつしていた。この日の自分の影ぐらい、私にとって醜く、淋しく見えたものはない。

裏から見た国際スパイ

日本の軍部は南京さえ陥《おと》せば、蔣介石が頭を下げてくるものと考えていたらしい。いや、たとえ蔣介石はあくまで戦おうと思っても、戦争の苛酷さにふるえあがった国民が、彼についていかないだろうと思っていたらしい。事実あのとき、日本軍によって行なわれた数々の暴行は、そういうことを計算に入れてのことではないかと思われるふしがある。

はじめて中国人から、日本人の兵士が、男の手をくくって、頭から石油をかけ、それに火をつけて死ぬまでにどのくらい走れるかためしたり、女を裸にして吊るしておき、その白い腹に銃剣をつきさして苦痛のために上にあがる脚の間にセックスが見えるといって喜んだりするという話を聞いたとき、そんなむごいことが、同じ人間でできるものかと思ったが、その真相がわかったときには、自分が日本人であることさえ恥ずかしくなってきた。

一番ひどいと思ったのは、一九三七年の終わり、南京の下関で行なわれた虐殺だった。そこでは数万という捕虜——日本兵に見つかった、中国人の若い男という男はみんな捕虜になった——が、桟橋にならべられて機関銃で掃射された。ときには捕虜をわざと揚子江に向かって逃げさせ、後からポンポン追いうちした。動くまとの方が、打ち手にとって興味があるというわけだ。やっとの思いで江にとびこんだ捕虜たちには、小舟からの無慈悲な狙い撃ちが待っていた。

このような残虐さが、中国人をふるえあがらせ、日本に対する反抗を思いとどまらせるとでも思ったら、その誤りはすぐわかったはずだ。南京事件は、中国人の敵愾心《てきがいしん》をいやがうえにもたかまらせ、こんなことをやる日本と、どうして和平ができようかという気持ちにさせたのだ。

日本は、蔣介石の地盤は南京、上海なのだから、この地域から彼が追い払われれば、その政権はもはや一地方政権に転落するであろう、と考えたらしいが、その見込みは見事にはずれた。中日戦争は蔣介石個人の利害関係によっては変えられない、全国的な性格のものになっていた。そして南京という地盤を失った蔣は、もはや全国的な国民の支持の上に身を置く以外に、行き場がなくなってしまったのだ。

このとき誰かがいっていた。中国はよく龍にたとえられるが、龍は鰻のような形をしているから、やはり頭を押さえなければなかなかつかまるまい。南京が落ちるまでは、ともかくそれが頭だった。それがなくなった現在では、日本がいくら漢口、広東、太原などを押さえても、それはただ鰻の尾を押さえるようなもので、事局の処理にはなんの役にも立たないのだ、と。まったく、事態はそのように発展していったのである。

こういうことになった原因の一つには、日本の戦争指導の中枢となっている、軍参謀連の中国に対する認識があまりにお粗末すぎたためもあろう。ここに軍参謀連の無知の程度を示すよい例がある。記憶のいい人なら、漢口攻撃のはじまるすこし前、支那派遣軍司令部から、中国軍は四川の奥からゴリラを捕らえてきて、これに手榴弾の投げ方を教え、漢口防衛戦に使おうとしている、と発表したことを覚えているだろう。この発表はロイテル電で世界中に伝わって、人々を驚倒、いや笑倒させたのだ。

清朝時代に中国人が、英仏連合艦隊と戦ったとき、猿に弾薬をおわせて、岸に繋留《けいりゅう》してあった軍艦に追いこもうとし、かえって味方の陣地に逃げこまれ、あわてて退却した例はある。それにしてもゴリラを使うとは！　第一、ゴリラは中国には棲んでいないはずだ、と面白半分、そのニュースの出所を調べてみた。わかった。捕虜を筆談で調べた際、玀玀と書いたのを、参謀連がゴリラと読んでしまったのだ。

玀玀《らら》というのは四川、雲南の山地に住む、チベット・ビルマ人系の種族で、平常漢人とは仲のわるい種族だが、抗日の官伝が、その中にゆきわたっていたので、当時百名ほどの玀玀族が、義勇軍として中国軍に参加していたのだ。

おそらく参謀連の中国常識が、こんな有様だったおかげであろう、これまで塚本から私について報告をうけていた参謀本部は、私のようなものの存在にも多少注意を向けるようになった。南京が陥落して、そこに総司令部ができると間もなく、ソ連班から上海に、小野寺信という中佐参謀が派遣され、私に連絡をとってきた。

小野寺は陸軍大学を首席で出て、ながらくラトヴィアのアタッシェをやっていた男で、中国についての知識はなかったが、そのかわりにドイツ民族の復興を目のあたりに見てきただけあって、民族運動には深い理解をもっていた。この人は頭がいいというだけではない、なにか本能的に、ものの本質を直感することのできる人らしい。

会ってまだ日の浅いころ、対談中、談たまたま日本の武士の切腹に及んだとき、私はいささかへつらいの感情を意識しながら、あれは西洋の騎士道にない風習だ、といったところ、彼は、とんでもない、武士が切腹すれば所領を召しあげられないですむからで、いわば握ったものは死んでも離すまい、という守銭奴の気持ちと相通ずるものがあると言ったことを覚えている。そのとき彼は内地から、二十人ほど左翼の転向者をつれてきて（その半数は戦後日共に復帰し、なかにはアカハタ編集の責任者までやったものがある）、満鉄調査部のような、一種の諜報機関をつくっていたが、ほんとうの任務はそんなものではなかった。

当時、参謀本部のソ連班は、支那班のやることにかなり不満をもっていた。日本軍が中日戦争の泥沼に足をつっこんで、動きがとれなくなれば、いままでの対ソ作戦プランは根底からたて直さなければならないし、それにヒットラーが早晩、ヨーロッパを戦場にする見透しがあったので、気が気ではなかったらしい。

小野寺は、この際、日本の行動を束縛するような中日戦争を、一日でも早くやめさせなければいけない、それには今までの行きがかりにこだわらず、蔣介石と和平交渉を開くほかないという主張をもっていた。初対面のとき、彼からこの持論を聞かされ、最後に、「僕は中国のことはまるでわからないが、ただ東京で、上海にいったら一切は君に頼めと言われている。いわば君が唯一の頼りなんだから、何とかしてその糸口をさがしてくれ」と頼まれたときは、目頭が妙に熱くなった。正直のところ、いつかはこういう機会がくるだろうという確信はあったが、まさかこんなに早くこようとは思わなかったからだ。

それにしても当時の情勢の中に、早期終戦の希望がほんとうにあったろうか。それは少なくとも日本に関するかぎり絶望に近かったといえる。軍部の中にも、たしかに小野寺のような考えをもった軍人が、かなりいたことは事実である。

だが、彼らの所属している軍部という全体は、国民の前に、南京をとれば明日にも蔣介石政権は崩壊するかのように官伝していたので、今さらこれと和平を結びたい、というような弱音は吐けなかった。一つの嘘を隠すためには新しい嘘がいる。その嘘を隠すためには、さらにもう一つの嘘がいる。

こういう嘘の系列をつづけていくうちには、始めの嘘はたとえ嘘とわかっても、もうどうにもならない不可侵性を帯びてくるものだ。それをあばけば、嘘でかためた機構全体が崩壊してしまうからである。蔣介石政権は容共政権であり、打倒以外は考えられないという嘘は、もうそういう不可侵性をおびているのだ。しかし、それが嘘だと知っている小野寺のような人でも、もしそれをあばけば、軍部という機構全体を崩すほどの革命的な結果をともなうという考えは浮かばなかったらしい。私はここに権力の座にいるものの、突っ切れない限界を見るような気がした。

私には、浪人の有難さでそれがよくわかっていたが、小野寺の前では、そんなことはおくびにも出さなかった。人が悪いといえば悪いのであるが、私はなにも小野寺個人や軍部のために和平運動をやっていたのではない。私としては軍部がどうなろうと、日本と中国の戦争が止まればそれでよかったのである。

それに私にはこういう計算があった。事態が日本にとってもっと深刻になってくれば、日本はいやでもおうでも中国と和平を結ばなければならなくなるだろうし、またそうなれば、それに応ずるだけに日本の政治機構も変わってくるに違いない。和平運動はたとえ成功しなくても、やっているうちには自然、日本そのものが変わってくる。いや、それをやっていること自体が、日本の機構をかえる大きな刺戟になるのだと思っていた。

中国の方はどうかというと、日本が中国侵略の兵をおさめる意思を明らかにさえすれば、その日にも蔣介石は和平に同意したであろう。こうはっきり言いきるには、いささか理由がある。当時、私はある偶然の機会から、蔣介石政権の中枢につながる、ある情報路線を知っていたので、向こうの事情は手にとるようにわかっていた。その偶然の機会というのを、ちょっと説明しておこう。

私が前に金に困ったとき、ゴールド・バーの相場に手を出したことはすでに触れておいた。ゴールド・バーというのは、ちょうど人差し指くらいの大きさの金の棒を売買する相場である。大半がいわゆる〝買空売空《マイクンマイクン》〟の空取り引きで、実際にそれを売買するのではない。ルーズベルトの炉辺閑話、ヒットラーの調子はずれの演説、近衛の漠然とした声明が、この国の人々に、あるときは不安を、あるときは希望を与えていた時代だった。

いや、大体は不安の方をよけいに与える時代だったので、それが〝法幣不安〟として、この相場に敏感に反映し、この相場は、手持ちの法幣を金にかえようとする人々で連日活気づいていた。

私は楊建威という友人と一緒にこれに手を出した。私の方はいつもいちかばちかの当てずっぽうで張っていたが、出るのはいつもばちばかり、結局ほうほうの態で早仕舞いしてしまった。楊君の方はというと、不思議に運がつづき、大きながらがあるときなどは調子よく売り逃げていた。素人にしてはうますぎるので、色々きいてみると、彼の背後にかなりしっかりした情報源のあることがわかった。その人は中国政府のある上海機関と関係があって、政府の指令などがいちはやくわかるという。

ある日、楊君は自分の方からその人物のことを私に打ち明けた。名前は朱泰耀、先方でも

私のことをよく知っていて、ぜひお会いしたいと言っているという。私は、

「こちらは人に会うのに、もったいをつけるほどの身分ではないから、いつでも会うが、先方がそういう御身分なら、日本人と会うのは命がけだろう」

と言った。当時〝孤島上海〟のなかでは、重慶派のテロが横行していて、日本人と接触する中国要人の暗殺が毎日のように行なわれていたからである。楊は、

「やつは暗殺される方じゃなく、暗殺する方の人間だから大丈夫です」

と言った。こんな会話があってからまもなく、私と朱泰耀はイギリス租界の楊子飯店で会うことになった。なるほど、これなら間違っても、人に殺される方じゃない、間違っても人を殺しかねない男だと思った。見るから生活力の強そうな、意地の悪そうな目はしているが、そのてきぱきとした話ぶりには好感がもてた。自分ではオックスフォードに二年留学したと言っているが、英語で話しかけると、しどろもどろだったから、彼のオックスフォードは、おそらくオックスフォード辞典での独学、それも誤植の多いパイレート版だろう。中国流の形式たっぷりな初対面の挨拶が終わると、彼は容《かたち》をあらためて、

「お互いにこういう時期に、むだな時間を費やしたくありません。はっきりいえば、私はCCの関係者です。今日、貴方にわざわざ御目にかかったわけは……」

と前置きして、それからながなが彼の語ったことは――

われわれの関係しているCC団体は、はじめからこの戦争を喜ばなかった。それは決して

日本の武力を恐れていたからではない。結論からいえば、今度の戦争は中国が勝っても、日本が勝っても、結局、戦場の勝者が真の勝者にならないのが特徴だ。

アジアの諸民族を見渡して見れば、ほんとに民族的独立を確立しているのは日本民族だけ。もう一息で独立を完成しようとしているのが中華民族。いまこの二大民族がへとへとになるまで戦えば、どちらが勝とうと負けようと、それは結局アジアの敗北で、アジア諸民族がひとしく望んでいる独立の希望はまったく消しとんでしまう。それを思えばこそ蔣介石は、日本軍人の思いあがった行動をあれほど長くこらえていた。

中国の民衆が、日本の目にあまる侵略行為にひたむきに反対しているのは当然なことだが、それさえも、蔣介石は押さえなければならなかった。その苦衷を理解できない日本の軍人は、ただ押して押して押しまくりさえすれば、どんな条件にも妥協してくると思い込んだ。これがこの戦争の主要な原因なのだ。

だから、はじめから日本軍には、この戦争を最後まで遂行する準備がなかった。今、海岸地方ではその軍事行動は成功しているようだが、しかし、戦場が四川、西康、雲南に移った場合に、果たして今のような工合に行くだろうか。これらの地方の道は狭く、日本軍の近代的装備は、かえって行動をさまたげる弱点となる。日本軍が奥地に踏みこみ、くたくたになったころ、英米がアジア政策で一致して、なにかの形でこの戦争に介入すれば、日本はなにをもってこれに対抗できよう。

現在、英米が日本に対して強硬な態度に出られないのは、ヨーロッパの雲行きがはっきりしないからだ。しかし、ヨーロッパには早晩かならず戦争が起きる。日本は、あるいはそれを期待しているかもしれないが、それは大変な間違いだ。英米はどんなに困ろうと、中国が日本の独占市場となるのを許すはずはない。英米がヨーロッパ問題で協力するようになれば、その協力は当然、中国にものびてくる。それゆえ蔣介石は、この戦争の前途についてはいささかの不安も持っていない。

だが、この戦争の廃墟から起こる結果については、いくら憂いても憂いきれないものがある。日本も中国も決して富裕な国ではない。今後幾年つづくかわからないこの戦争のあとで、中国の国民がどんな苦しい状態になるか、考えてもぞっとする。そこが中共のつけ目である。中国でこの戦争の廃墟から勝利を拾うものは日本ではなく、国民党でもなく、結局、中共なのだ。だから日本は、国民党に反共を強要しながら、結果においては中共を助けているのだ。国民党の中で、このことを一番憂いているのは、蔣介石とわれわれCCなのである。

われわれとても、日本が中国侵略を思いとどまらないかぎり、もとより和平を欲するものではない。しかし、日本が侵略を思いとどまるならば、われわれはいつでも戦争を終熄させる用意はしている。だから、あなたがもしこの戦争をやめさせたいという意向を持っているならば、いやでもわれわれと手を握らなければならないのだ。

——だが、と、ここで朱泰耀は容を改めた。

「日本の軍部は、いまのところ自分のやったことに興奮していますから、和平などは考えられないでしょう。しかし、それを考えなければならない時期がくることは、決して遠い将来ではありません。じつはわれわれは、以前から貴方のことを調査しつくしてあります。あなたが戦争のはじめから、フランス租界にいてテロにもあわず、これまで生きてこられたのは、決してあなたの考えていられたような偶然ではないのです。われわれの方もあなたの存在がわからないほど、ぼんやりものばかりそろってはおりません。私がここにいる楊君を通じて、あなたの中国に対するお気持ちをよく知っていたので、あなたの身辺にはこれまで問題はなかったわけです。そこで私があなたにお願いしたいことは、今後、お互いに情報を交換し合ってゆき、やがて和平の時期が来れば、すぐにその工作ができるように準備してゆきましょう」

彼の言葉には、若干のおどかしや恩きせがましさが入っていて、こしゃくにさわったが、その真実性には人を動かすものがあった。

実をいうと、私は朱の話を聞くまでCCの本態を知らず、右翼のテロ団ぐらいにしか考えていなかった。これには若干理由がある。私自身、彼らのテロのとばっちりを受けそうになったいやな経験をもっているのだ。忘れもしない一九三七年の十二月三日のこと、この日、日本軍は上海占領を誇示するために、五千人ほどの大部隊で租界を行進した。この行進は愚園路——静安寺路——南京路を通って、ガーデン・ブリッジを渡ることになっていた。天気がよかったので、私もふらふら散歩がてらの見物に出た。

驚いたことには、大通りに出る路地という路地は通行止めになり、いつも人でいっぱいになっている南京路には、一定の間隔をおいて並んだ巡捕のほかには、中国人は一人もいなかった。私は日本人だと外人巡捕に説明して、やっと大通りに出してもらった。まもなく行進喇叭《ラッパ》が聞こえてきて、四列縦隊の日本部隊がやってきた。私は兵隊の後ろについて走った子供のころの気分を思い出しながら、そのわきについて歩きだした。通行人が一人もいない、〝死〟の静けさをもった南京路を行進して行く日本軍は、何となくうら淋しい感じだった。

先施公司の前にかかったとき、突然、耳もとで何かが、があーんと鳴ったと思った。本能的に後ろをふりかえると、行進が少し乱れて、現場の兵士たちは先施公司の下に身を避けようとしていた。その中の二人の兵士が、腹をかかえてよろめいた。戦友がそばによって、何かわめいている。どこからか、手榴弾が投げられ、私の四、五間後ろの隊伍の間で爆発したらしい。つづいて二、三発、銃声が起こった。

兵士たちは向かいの永安公司の上から狙撃されたと思って、本能的に身がまえた。だが、銃声はそれで終わり、またもとの静けさに帰った。兵隊はふたたび列をつくって行進をはじめた。あとには、二人の負傷兵と、五、六人の戦友が、先施公司の門のところに固まっている。私は半ば好奇心から負傷兵のそばに行くと、兵士たちは私を在留邦人と見て、「何とか自動車を見つけてくれませんか」と言った。負傷兵の軍服には、いたいたしく血が流れている。

それを見ると、私はすぐ、南京路をバンドに向けて駆け出した。ちょうどバンドの方から、工部局の巡捕を乗せた自動車が、全速力で来るのに行き会った。とっさに大声でわめきながら、道の真ん中に立ちふさがった。自動車は止まった。すぐにそれに飛び乗って、車を現場に駆けつけさせ、負傷兵を運ばせた。そのとき私は、やっと心の平静をとりもどしたものか、はじめて現場の周囲を見まわす余裕を持った。

手榴弾は、永安公司の西側の路地に、黒山のようにたかっていた、中国人の群集の中から投げられたものだった。巡捕はただちに犯人を見出して、その場で射殺してしまった。爆発の後で起こった銃声がそれだった。

そこには、中国のどこにでも見られる、平凡な、人の良さそうな顔をした、便衣の三十くらいの男が、血にまみれて、あおむけに倒れている。これが、五千人の日本軍に、一人で挑戦した男とはどうしても見えない。そばに、この愛国者を射殺した中国人巡捕が、得意そうな顔をして突っ立っていた。私はその後、その殺された男が、CC団の一員だと聞かされたのである。

こんなわけで、私は素直にCCと手を握るには、ちょっと複雑すぎる感情を持っていたのだ。だが、よく考えてみると、中日両国の戦争にいちおうピリオドを打つ方式としては、いやでもＣＣと手を握らなければならぬということは恐ろしいほど真実なのである。

大体、蒋介石政権の中心は、三つの大きな派閥からなっていた。軍の何応欽一派、政府の張群一派、党の陳立夫一派（すなわちＣＣ）がそれである。中共側はこれを軍、政、党の三位一体と呼んでいた。

ところが、抗日戦争がはじまる少し前から、この三位一体に大きな変化が起こった。軍では少壮派の陳誠が、何応欽を押さえて、抗日の主導権を握ってしまった。政府系といわれる張群の一派は、元来が機会主義の官僚が多いので、大勢がこう傾いてしまうと、抗日派の驥《き》尾《び》につかざるを得なかった。それゆえ、当時国府側で対日和平を促進する推進力をもっているものは、ただ陳立夫、陳果夫の一派、つまりこの二人の頭文字ＣをならべたＣＣだけになったのである。

当時、私はもし中日両国間に和平の道があるならば、悪魔とさえも同行したいと思っていたところなので、このとき以来、私と朱との間には奇妙な攻守同盟が結ばれた。つまり朱は、私に蒋介石側の、私は朱に日本側の情報を供給し、そのうえお互いは生命の安全のために助け合うということである。

小野寺から和平交渉の相談があったとき、まず頭に浮かんだのは、この朱泰耀のことである。私はまもなく小野寺と朱とを、南京路のカセイ・ホテルで会見させることにした。

上海地下政府

そのころ〝孤島上海〟の内部では、日本の憲兵や、その中国人の手先が、たえず捜索しているなかを、国民党の地下政府が堂々と活動をつづけていた。国民の誰もが日本に対する敵愾心にあふれ、この政府の命令を聞こうとしていたので、その威令はよく行なわれた。彼らにそむくものには、テロの制裁が加えられた。

上海市民は、彼らの暗殺の現場を見ても、それを警察に告げようとはしなかった。自分自身もそうすることは、国家を裏切ることだと考えていたし、またそうするためには、一秒間に数百メートルの早さで飛んでくる鉛弾をうけとめるほど、固い頭が必要だったからである。それゆえテロは、法律による死刑のように、毎日手ぎわよく確実に実行された。

それがどんなに頻繁に、そしてどんなに巧妙に行なわれていたかは、ちょっと日本では想像できないほどだ。その実例を示すために、当時の記録をたどってみよう。

昭和十二年（一九三七年）も終わりに近い、天気晴朗なる一日、フランス租界のある瀟洒《しようしや》な洋館の前に一台の優雅な自動車が止まった。この自動車は富豪として、また慈善家として、またカソリック教徒としても有名な盧という中国人のものである。そのころ〝上海市民協会〟と呼ぶ、新しい団体ができた。それは「名の示すように政治的色彩のない純粋な慈善団体だ」と創立者たちは説明しているが、一般には日本軍の占領地帯に、日本軍の援助によって、新しい行政組織をつくるものだと考えられていた。

盧は頼まれて、その発起人名簿の最初の署名人となっていたのだ。今ちょうどその盧が、その洋館に住む友人を訪れて、門から出ようとするところだった。突然、自動車のわきから、二人の林檎《りんご》売りがとび出した。どうやら彼は、盧の市民協会に参加したことが大変面白くならしく、彼に近づくと、その林檎の籠からモーゼル銃を出して、彼の心臓にまさしく弾丸を送りつけた。警察が調べても、何の手がかりも得られなかった。

翌年の正月の元日には、八十人ばかりの日本兵が、租界へ通じる道を歩いていた。彼らが、中国人の群集がわいわい騒いでいるそばを通ると、突然、群集の中から二つの手榴弾が投げつけられ、四人の兵士が軽傷を、一人の兵士が重傷を負った。中国人の群集はたちまち散乱し、後に残された手がかりは、粉砕された手榴弾の破片と、大きく地面に書かれた〝打倒日本〟という落書だけだった。

その翌日はカーター路で、頭部に三発の弾丸をうけた、身元不明の中国人の死体が発見された。弾丸は、明らかに非常に近距離で発射されたものだった。そのころ、租界の中国新聞社に奇妙な投書があった。

「われわれはジャーナリスト張亜新を、カーター路において誘拐し、死をもって処罰する。彼は日本軍のために、我が軍の秘密を売りたる者なり」

工部局警察は、やっきになって犯人を探したが無駄だった。

工部局は武器のいっせい取り締まりに乗り出した。市中には「登録せざる武器を所持するものは、ことごとく逮捕する」という工部局の掲示がいたるところに貼り出された。だが、どの掲示の上にもたちまち「すべての漢奸を殺戮《さつりく》せよ」という漢字が書かれてしまった。

工部局警察は、テロルの現場に居合わせた群集をとらえて尋問するが、彼らの答えはいつもかならず「不知道《ぞんじません》」だ。こういう暗殺者の秘密団体を統轄するものが上海地下政府だったのである。

上海地下政府の首脳部は蔣伯誠、呉開先、呉紹澍、姜豪によって組織されていた。その中でも呉開先は、中央では国民党組織部副部長であり、重慶、上海間をよく往復していたので、和平交渉には一番都合のいい人物だった。朱は小野寺と会ったとき、確信をもってこの男に引き合わせると言った。その場所は香港がよかろうということなので、私たちは毎日のように会って、会見の手筈《てはず》を協議していた。そして昭和十三年の十二月には、もう香港に行くばかりになっていた。

ところが、その月の十八日に困った事件が起きてしまった。汪精衛の重慶脱出である。この事件は私たちの運動ばかりではない、そのときまで、重慶政権の中に台頭しつつあった、すべての和平論を、政治の表面から一掃してしまったのだ。なぜそういうことになったかを、かいつまんで述べてみよう。

汪精衛は、CCと同じように抗戦のはじめから和平論者だったが、彼とCCとは、蔣介石政権に対する立場が違っている。一口でいえば、CCは蔣政権の内側に、汪派はその外側にいた。そのうえ、汪は戦争の進行とともに抗戦到底派と、蔣介石独裁の潮流にはさまれて、いよいよその影が薄くなっていた。これは自ら孫文の後継者をもって自任している汪の耐えられないところだった。彼は機会さえあれば、蔣介石に代わって国民党に君臨したかったのだ。

漢口防衛戦が始まったころ、国共合作に対する国民党右翼、特にCCの不満が高まったとき、汪にはこの機会が手をさしのべていたように思えた。当時蔣介石は、身をもって国共合作を代表していたので、国民党の危機を前にして何一つ言えない立場にあった。汪はこの際、自分が率先して反共和平を提唱すれば、CCその他国民党右派も彼に合流するだろうという幻想をもった。しかし、彼のこの計算には大きな誤算があった。

確かにCCは、中共を押さえるためには、日本との早期和平が必要であることは充分に知っていたが、それは蔣介石独裁の全機構をひっさげての和平でなければ、日本にも乗ぜられるし、中共にも乗ぜられると考えていた。さもなければ、和平は国民党を分裂させ、反共どころか、かえって中共に倒される恐れがあるからである。したがって彼らが蔣を見棄てて、汪に従うことは可能性としても考えられなかった。

ところが汪としては、蔣を頭にいただく和平には、個人としてなんの興味もない。過去の履歴の花々しさに自分で眩惑されている汪は、この際、「乃公《だいこう》一たび立てば」蔣にはごく少数の追随者を残して、国民党の大半が自分に従うことになるだろうと考えたのだ。

汪の目算ちがいは、出国後、彼に対する国民の激昂によってすぐに証明された。汪は以前にも、蔣介石と争って外国に亡命したことがあるが、その当時の中国は、軍閥の間に分割された各省の集合体にすぎなかった。だが、一九三八年の中国は、自覚した国民の一個の全体だった。そのうえにまたこの戦争は、かつての内乱とは違い、民族と民族との戦争なのだ。汪は、この中華民族の成長を見落としていた。

重慶のCC派は、汪精衛のこういう失敗を冷ややかに見送った。しかし、それは決して彼らの和平そのものに対する熱意が冷めたことを意味するものではない。ただ汪に対する国民の激昂が冷却するまでは、和平の和の字も言い出せなくなってしまったのだ。

こういう情勢の中で、私たちはひとまず汪精衛の動きを注視することにした。小野寺は私たちの意見を入れて、東京に長文の電報をうち、日本は汪にタッチしてはいけない、という意見具申をした。

しかし当時、日本ではこういう意見の通る見通しは少なかった。これまで日本が、占領地域にたてた傀儡《かいらい》政権は、大抵、尾羽打ちからした政客や、軍閥の古手ばかりを集めていたので、ぜひともその上に大物を祭りあげる必要があったからである。はじめ日本はそういうものとして、呉佩孚に目をつけた。

昭和十四年の一月には、彼は、日本が北京と南京につくった臨時、維新両政府の要望を入れて、華北に和平運動を展開するというニュースさえ伝わった。事実、そのとき彼は喜んで華北政府の首班になると答えた。

だが、次の瞬間、この頑固な老政治家は、それには一つの条件がある、中国にいる日本の兵士が一人残らず引き揚げてくれることだ、とつけ加えた。これではまったくお話にならなかった。こんなわけで、日本としては藁でもつかむ気持ちで、汪にすがりついたのである。

われわれは日本の汪精衛工作が成功すれば、直接和平の重大な障害になると思ったので、協議の結果、この際、急速に日華両国の大物代表を香港で会見させようということになった。そして私は、呉開先の代理、上海の国民党代表姜豪とともに香港に行き、この会見を準備し、小野寺は東京で、日本の首脳部に働きかけ、国論を直接交渉の線にまとめることになった。

このとき、小野寺が日本でどういう動きをしたかについては、私の手もとに小野寺の書いた覚え書きがあるから、それによって見ることにしよう。

「昭和十四年五月上旬、影佐機関ノ汪政権樹立工作胎動ノ徴候アリ。此ノ儘《まま》放置スレバ日本ノ運命、ヒイテハ東亜ノ将来ニ一大事ヲモタラスオソレアリ。支那事変ノ処理ハ、重慶直接交渉ヲ措《お》イテ他ナシ。而シテコレガ推動ハ小野寺中佐個人トシテ動クヨリモ、支那派遣軍首脳部ノ意見トシテ中央ニ働キカケル方ガ、ヨリ効果的ナリトノ見解ナリシヲ以テ、時ノ派遣軍総参謀長河辺正三中将ト膝ツキ合ワセテ談ズルヲ捷径ナリト考エ、南京ノ総司令部ト連絡シテミタ。

然ルニ幸ナルカナ河辺参謀長ハ公用ヲ帯ビテ、南京郊外ノ軍ノ将校宿舎ニ滞在シテキルコトガワカッタノデ、直チニ車ヲ駆ッテ参謀長を訪ネ、上述ノ趣旨ニ基ヅク事変処理案ヲ具申シ、総軍司令官トシテ、中央ニ働キカケル様ニ要請シタ。即《すなわ》チ小野寺ハ総軍首脳部ノ名ニ於テ、大本営及ビ陸軍省ヲ動カシ、近衛又ハ板垣ヲ、蔣介石又ハソノ代理者ト会見サセ、一挙ニ事変ヲ解決スルニ在ッタ。ソシテ対中央工作ハ小野寺自ラ担当シ、会見ノ下準備ハ朱、姜トトモニ吉田ヲ香港ニ派遣シテ、呉開先、杜月笙ラヲ通ジテ、コレヲ進メテ貰《もら》ウ心算デアッタ。

河辺参謀長ハ、コノ案ニ全幅ノ信頼ヲ寄セ、速カニ上京シテ、中央ノ首脳部ニハカッテ善処スル様ニ全権ヲ委任サレ、且必要ノ経費ハ総軍司令部カラ支出スルカラ、後顧ノ患ノナイ様ニ、トノコトデアッタ。留守中ノ手配ヲ吉田ニ委セ、何日デアッタカ忘レタガ五月ノ或ル日、東京ニ飛ンダ」

小野寺は、この運動ではかならずしも私だけを頼りにしたのではない。当時、多少でも現地の事情を知っているものは、みな直接交渉によって急速に事変を処理しなければ、日本も中国も大変なことになるという考えをもっていた。こういう人々が、直接交渉派の小野寺のもとに集まって、気勢をあげるのは当然の勢いだった。その中の一人に、近衛公の長男文隆がいた。一般にはあまり知られていないことだが、彼が終戦後、ソ連で獄死する悲運に遭《あ》ったのは、じつにこのときの動きが原因となっているので、この一派の動きを少し説明しておこう。

近衛文隆の一派は、同じ直接交渉でも、ＣＣではなく藍衣社に目をつけた。藍衣社というのは、蔣介石の特務情報組織で、ＣＣほど広汎な組織は持っていないが、有名な戴笠少将に統轄されている。戴笠は、蔣介石と宋美齢が寝ているところへでも、ずかずか入って行けるほど、蔣介石の信任の厚い男だから、彼を通じて、ほんとうに交渉の道が開かれたとすれば、これはたしかに有力な路線なのだ。

近衛文隆の一派は、これと連絡をつけた。彼らがこの連絡工作に使ったのは鄭蘋茹という、絶世の美人だった。私も中国の女性を多く知っているが、日本女性のやさしい顔と、中国女性のすらりとした姿態が調和した、これほどの美人はいまだに見たことがない。彼女は、上海高等法院の検事を父とし、日本人を母として生まれた混血児で、事実、藍衣社の工作員だった。彼女は、汪精衛政府の社会運動部長丁黙存に色仕かけで近づき、彼をピストルで狙撃したので、後に日本憲兵隊につかまって銃殺された。

後でこの銃殺に立ちあった憲兵から聞いたことだが、彼女は最後の瞬間まで、自分が殺されるものとは気づかず、刑場ではじめてそれと知ったときのとり乱したさまは、美人だけに目もあてられなかったという。おそらく自分のような美人をむざむざ殺す男はいないと信じていたのだろう。山田五十鈴の〝上海の月〟という映画は、彼女の生涯がモデルであり、読売で草野心平の書いた「汪精衛」にも出てくる。

文隆派が彼女をつかって、小野寺を上海で戴笠に会わせたということを聞いたとき、私はこれはくさい、小野寺も近衛も中国の情勢にうといから、贋物《にせもの》の戴笠に引き合わされたのではあるまいかと思った。当時の情勢では、中国の要人が、日本人と上海で会うなどということはあり得なかったからだ。案の定、小野寺は憲兵隊で本物の戴笠の写真を見せられたとき、それが誰だかわからなかった。後に、汪派工作派がこの点をついて、小野寺の持っている直接交渉の路線は、こんな怪しいものだと宣伝したのだ。

小野寺と文隆の間には、こういう経緯《いきさつ》があったので、小野寺が東京に行くと聞いたとき、文隆はおやじに直接会って、是非、直接交渉を説いてくれ、と近衛公あての親書を手わたした。小野寺が上京したとき、ちょうど近衛公（当時枢密院議長）は京都に旅行中だったが、小野寺は彼の帰京を浜松で待ち受け、小田原まで「つばめ」に同乗して、直接交渉を力説した。これがとんだやぶへびになり、後で小野寺は、軍の機密を軍以外のものに漏らした、という理由で上海から追われることになり、また文隆は汪派工作者ににらまれ、召集令状一本で、満州に送られ、やがてはソ連で獄死する結果となったのである。

話がちょっと横道にそれたから、ふたたび小野寺の活動にもどろう。

「東京（立川飛行場）ニツイタノハ夕刻ダッタノデ、タダチニ自宅ニ帰リ、臼井茂樹大佐（大本営陸軍部第八課）ノ自宅ニ連絡、臼井ハ陸士ノ同期デ、時期ヲ同ジウシテ欧州勤務ニ出タ親友デアル。シカシ彼ハ、影佐ラト共ニ汪政権樹立派ノ中心トシテ動イテキタシ、現ニ当時上京中デアッタ周仏海ト密カニ謀議ヲ進メテイル最中デモアッタ。臼井ハ百パーセント汪派デアルワケデハナイ。政治的理由カラ影佐派ト行動ヲトモニセザルヲ得ナカッタダケデ、心ノ底ニハ重慶工作ヲ考エテイタニ違イナイ。彼ハ小野寺ノ説ニ耳ヲカタムケ、板垣陸軍大臣、中島参謀次長ト一晩会ッテ、話シテミヨウジャナイカ、俺ガ斡旋ノ労ヲ取ル、ト言ッテクレタ。間モナク大臣、次長（臼井同席）ト、大臣官邸デ会見シタ。ソノ席上小野寺ハ、直接交渉説ヲ力説シ、板垣ノ決意ヲウナガシタ。大臣ハ、日本ハ目下親米疏英政策ニヨッテ、英米ヲ離間スル政策ガ着々進ンデイル。又約十億弗《ドル》ノ借款ノ話モ進ンデイル。何モ今更重慶ニ秋波ヲ送ル必要モアルマイガ、君ノ言ウコトモ一理アル。ソレガデキレバ勿論結構ダ。香港デノ直接交渉ヲヤッテミテモヨイ、ト言ッテクレタ」

小野寺が東京でこういう活動をしているとき、私たちは上海で連日、会合をもっていた。当時上海では、汪精衛擁立の準備が積極的に行なわれており、日本憲兵隊とタイアップした汪派の李士群、丁黙存のテロ隊が、租界を暴れまわっていた。彼らは躍起となって、国民党地下政府を追っていた。もちろん地下政府の中にも彼らのスパイが入っていたのだろう、我々の手筈が決まり、いよいよ香港に出発するばかりになったとき、一緒に行く予定の姜豪一派が、李士群の一隊に逮捕され、日本憲兵隊に引き渡されてしまった。

もう私などではどうにもならない事態である。私はすぐ、上京中の小野寺に電報し、姜豪の即時釈放を依頼した。日本の憲兵に、捕まえたばかりの敵性要人（そして上海で行なわれた数々のテロ事件の責任者）を釈放させるのは、大本営の命令のほかはないと思ったからだ。そして小野寺は、それを見事にやってくれた。

「吉田ヨリ姜豪等逮捕ノ電報ガ大本営ニツイタ。陸軍次官及ビ臼井ト相談シテ、釈放ノ大本営命令ヲ出シテ貰ッタ。大本営デハ汪擁立ニ疑惑ヲ抱イテキタ作戦課ノ中枢、秩父宮中佐、堀場一雄少佐等ト意見ヲ交換シタガ、何レモ暗黙内ニ鞭撻シテクレタ」

事態がこうなってくると、直接交渉派と汪工作派との正面衝突は必至である。小野寺が、手記の終わりに、「帰滬《きこ》ノ途中、福岡雁巣飛行場デ、折柄上京ノ途中ニアッタ影佐ト会ッテ、激論シタ」と述べているように、このときすでに両者の間には、闘争の火蓋がきられていたのだ。

お前は死刑だ

小野寺が上海に帰るのと入れ違いに、上京した影佐は、中央に対して大活動をした。大本営内にも、現地軍の中にも、汪精衛工作に疑問を持つ軍人は多かったのだが、これらの人々は欧米勤務出身の人が多く、どちらかといえばインテリで政治力がない。これに反して、汪派の人々は長年の中国勤務で、世界的見地に立つ視野を欠いていたが、その政治力は強かった。結局、中央は汪派にひきずりまわされた。

その翌六月、閣議は正式に汪工作を承認し、直接交渉を一応とりやめる決議をした。近衛公のような人でさえ、小野寺から聞いた話の内容を逆用し、軍は汪精衛工作をやりながら、自分では直接交渉をやっているではないか、と板垣に釘を打つ始末だった。

こうなると、小野寺の地位はみじめなものになった。軍の内部からは、彼が近衛公と連絡したことを、軍規違反として待命処分にせよ、という声さえ起こった。現地軍の吉本総参謀長（河辺総参謀長は教育総監部に転出）や、鈴木宗作参謀次長などが擁護したので、かろうじて待命をまぬがれたものの、結局、彼は陸大教官という閑職に回されてしまった。もっとみじめだったのは、彼の下にいた連中である。近衛文隆の処置についてはすでに述べたが、彼の仲間はことごとく内地に送還されてしまった。

私が上海にいて目立った活動をしていたら、もちろん内地送還処分だったと思う。それに私の場合は、前歴が前歴だけに、内地への道は即監獄への道だったろう。だが、私はそのときすでに香港に渡っていた。小野寺が、一時東京から上海に帰ってきたとき、私はすぐ彼と共に憲兵隊に行き、大本営命令をふりかざして姜豪を釈放してもらうと、長居は無用と、すぐさま姜豪、朱泰耀らをつれて香港に行ってしまったのだ。

香港から毎日のように、かねて打ち合わせた暗号電報で、交渉の経過を小野寺に報告した。しかし、小野寺から何の指示もこない。これはおかしいと思っているうちに、小野寺の左遷と、上海の険悪な状況が伝えられてきた。もう中国側のどんな大物を香港に引っぱり出してきても、なんにもならない。私は姜豪に事情の変化を話して、密かに上海に舞いもどった。姜豪はそのまま重慶に入った。

上海で様子をさぐってみると、直接交渉派に対する弾圧は、意外に強いことがわかった。小野寺はすでに東京に呼びもどされていた。ともかく小野寺に会ってみようと、危険をおかして日本に帰ることにした。

久方ぶりで東京の我が家に泊まった翌日のこと、訪ねてきたのは所轄署の特高二人、私は有無をいわさず拘引された。もうこうなったら軍の関係で、特高主任をおどすほかに手はない。私は執行猶予中に逃げたことは認めるが、今は軍に徴用されているものだから、逮捕は軍に一応、断わってからにしてくれといった。軍という言葉が特別なひびきをもっていた時代ではあるが、特高の方にも官憲の威厳があったので、私の要求をはねつけた。

ではもう一つ、特高主任へ、

「ともかく、私に参謀本部と連絡をとることを許して下さい。それでなければ、私が任務を果たせなかった責任は、貴方がおとり下さい」

と、釘をさした。責任という言葉は、官憲の一番痛いところなので、すぐ電話をかけることを許してくれた。私はさっそく、参謀本部の臼井大佐を呼びだして、事情を話した。臼井がどう警察に話してくれたか知らないが、特高主任はその場でしぶしぶ、捉《つか》まえたばかりの私を、放免してくれた。これで私は、日本における活動の自由を得たわけである。

その翌日、小野寺に会うと、小野寺は国内事情をかいつまんで話し、最後にこう言った。

「日本は一応、汪精衛にやらしてみることに決めたようだが、決して全面的に彼だけを頼りにしているわけではない。といって、今すぐ直接交渉をやるわけにはいかないが、それをやる時期が近い将来に、かならずやってくるだろうから、君としてはそれまで、現在の直接交渉路線をつないでおいてくれ。そのうちにこちらから、君と連絡するものがいくだろう。それまで上海の汪派工作者には、直接交渉のことは、臭いもかがしてはいけない」

こうまで言われてみると、もう仕方がない。私は灰色の心を抱いて、ふたたび上海に戻るほかなかった。

上海では、私について東京から何か連絡があったのだろう。汪派工作の谷萩大佐が待っていた。彼はすぐ私にこう申し渡した。

「もう廟議がきまった以上、直接交渉を行なうものは国策違反だ。だが、君が今まで直接交渉をやっていた線を利用して、重慶側の情報を入れてくれるなら、ここにおいてもいい。しかし、その任務を一歩でも踏み出すようなことがあれば、軍は国策違反として、すぐに君を処分するつもりだ——」

私の気持ちは、東京を出たときから決まっていたから、何もいわず、ただ心の中で小野寺からの連絡がいつごろくるだろうか、と考えていた。

しかし、東京からの連絡は、なかなかこない。一方、香港から重慶に飛んだ姜豪からは、早く香港に出てこい、と矢の催促だ。重慶の最高部でも、汪の政権樹立を牽制するために、直接交渉を開く決意を決めた様子だ。さもなければ、すでに日本軍から釈放された姜豪を、ふたたび香港に出すはずがない。私はいらいらしながら、東京からの連絡を待っていた。

やがてその年の秋、小野寺から、近く〝同志〟が行く、という電報が入った。それから一週間後、電話で「小野寺から打ち合わせのあったものだが」と呼び出しをうけた。指定された東和洋行という旅館の部屋に入ってみると、四十五、六の人が待っていた。背広は着ていたが、どう見ても軍人としか見えない。彼は、「私は支那課長の今井武夫だが、小野寺から連絡があったろう」と言った。

初対面の人が今井と知って、いささか驚いた。今井武夫は高宗武や梅思平などと香港で折衝をやってきた、最初からの汪工作派なのだ。なぜ彼が、影佐や犬養とともに、一方で汪工作を進めながら、他方で直接和平に手を出そうとするのか。こんな疑問が、すぐ私の頭に浮かんだ。ここでちょっと汪工作というものについて説明がいると思う。

蔣介石が南京から漢口に逃げだしたころの話である。ある天気晴朗なる一日、満鉄社員の西義顕と、中国外交部の亜州司日本科長をやっていた陶道寧が、上海の南京路かどこかでぱったり出会った。お互いにかつて南京にいたときに知り合っていたので、日本と中国が戦争などしているときではないという、共通の考えから、これから再三会って、お互いが努力する方向を考えようということになった。

そして彼らの話がやや具体的になったとき、これをプランとして、参謀本部の影佐禎昭のところにもちこんだ。影佐は当時、支那班長をやっていた今井と相談し、この話にのってみようということになった。すなわち陶道寧に、蔣介石を外遊させ、汪精衛が日本と和平するという和平方式を授けて、これを香港に送りこみ、重慶側の意向を打診させたのである。

そのときちょうど重慶側からも、香港に亜州局長の高宗武が来ていた。高を香港に出したのは、周仏海のさし金だった。周仏海はＣＣの一員であり、元来蔣介石とよかったが、対日戦争にはじめから反対で、漢口で〝低調クラブ〟といわれるグループをつくっていた。彼が高を香港に送ったのは和平の糸口を探すためで、彼から汪精衛、蔣介石に勧めて、そうさせたのだ。

高宗武と陶道寧は、同じ外交部で知り合いだった。高は陶が日本から和平の方程式を持ってきたので、非常に喜んだ。さっそく高は、これを携《たずさ》えて漢口に帰り、蔣と汪に報告した。もっともこれまでに陶の持ってきた汪中心の和平方程式は、いつのまにか、蔣中心の和平方程式にすりかえられていた（これはあるいは陶が、日本の案をそのまま高に伝える勇気がなかったためかも知れない）。

そこで、蔣介石も乗り気になったらしく、高をふたたび香港に派遣した。そのとき日本から今井武夫と松本重治が香港に出向き、彼を日本に迎えた。彼は築地の〝花月〟に泊まり、そこで和平交渉がはじまった。それによって、〝日華和平思案〟というものが出来上がった。

この案は、もちろん汪の出馬を前提としている。高としては、内心不満だったが、ともかくそれをもって香港に帰った。だが、そんなものを蔣介石に報告する勇気はないので、友人の梅思平を代わりに重慶に送り、その案を汪精衛、周仏海にだけ見せた。汪はおそらく我が意を得たりと思ったのだろう。ともかく、これでやって見ようということになった。その結果、高宗武と梅思平は改めて上海に出てきた。

彼らは「六三花園」で、影佐や今井と三日三晩、ぶっつづけで協議した結果、和平の具体的プランができあがった。このプランによって、汪精衛は十二月十日に重慶を出ることに決まった。ところが蔣介石が、たまたま重慶に帰ってきたので、汪はその日に決行できず、十二月十八日になって、はじめて重慶を脱出した。

彼らはひとまず上海に集まり、それから東京に来たのは昭和十四年（一九三九年）の五月である。ちょうど小野寺が〝直接交渉〟の運動で、上京していたときだ。このとき日本が事局処理の方法として、汪精衛一本に決めるかどうかについて、内部に激しい闘争があったこと、それが一応汪精衛の勝利に終わったことはすでに述べた通りである。

しかしこの闘争が、汪派工作の中に後を引いていたという事実は、見逃してはならない。手っとり早い言葉でいえば、日本は蔣をまったく袖にして、汪と本気で結合するつもりか、それとも汪をあて馬として、結局は蔣と結合するつもりか、という問題である。

この問題をめぐって、同じ汪派工作者の間にも二つの対立的意見があった。前者は影佐、谷萩が――その最初の意図はともかく――代表し、後者は今井、臼井が代表していた。今でもよく覚えているが、今井は私と会ったとき、それについて率直にこう述べた。

「自分はたまたま、支那班長であったがゆえに汪精衛工作に参加したが、決して汪精衛だけをたよりにしてはいない。結局、この事局処理は、蔣介石との直接和平交渉によって決めるほかはない、と思っている。小野寺の考えは正しかったが、あまり派手に動きすぎたため、ああいうことになったのだ。自分は近いうちに、南京に赴任してくるから、それまでは谷萩に内緒で、姜豪らとの交渉を進めておいてくれ」

彼の考えはもちろん、われわれの考えている全面和平の構想とは、かなり距離があったが、私は喜んで彼に従った。それ以来、私は、表面上は谷萩の、実際には彼の指揮で、姜豪らとの連絡をつづけることになったのだ。

決死、江岸の敵に迫る

今井が総軍司令部の第二課長として赴任してきたのは、それからまもなくだった。彼がこのポストについたのは、重慶との和平工作をすすめるのが目的だったらしい。その下準備のために昭和十四年の十一月、自分の腹心の鈴木卓爾少佐をアタッシェとして香港に赴任させ、交渉の糸口を探させた。これが後で詳しく話す宋子良工作のはじまりである。もちろん、彼はそんなことはおくびにも漏らさなかった。

当時汪精衛は、上海でできた〝維新政権〟の梁鴻志と北京にできた〝華北政権〟の王克敏とを説き伏せて、南京に〝中央政権〟ができるばかりになっていた。もしこの汪精衛の政権ができあがってしまえば、蔣介石との和平はほとんど絶望に近く、戦争は果てしなく続くことになる。すべてがそう決まってしまう前に、今井としては、最終的に重慶側の意向を打診してみる必要があったのだと思う。

一方、重慶側でも、この成り行きをはらはらしながら見ていたようだ。ともかく、汪精衛といえば中国では、孫文につぐ革命の元勲だし、もともと派手なジェスチャーで人気を集めることの上手な彼が、日本から中国の独立についての確かな保証をとり、この戦争の前途について悲観的な考え方を持っている反共派に呼びかけたら、かなり動揺するものがあったろう。

蔣介石がこういう懸念を持ったであろうことは、充分考えられることである。彼としては、おそらくその前になんらかの手を打つつもりだったのか、私の方にも、当時蔣介石の侍従室勤務になっていた姜豪から、重大な提議があるから、至急マカオまできてくれ、という連絡が入ってきた。しかし私は、こういう大事な時期にひょんな話から、揚子江の北岸にある泰興という街の占領を手伝わなければならぬ破目になってしまったのだ。

その年の旧正月、つまり昭和十五年一月の終わりごろだったと思う。家で二、三人の友人と一緒に中国の正月には、誰でもやるさいころばくちの〝四五六《スウンロ》〟をやっていた。三つのさいころを投げて、二つ目のそろったとき、その数の大小で勝負が決まるあれだ。六つの目が二つ出たときが数としては一番強い。日本で「ままにならぬは比叡山の僧兵と双六《すごろく》のさいだ」といった上皇があったが、あの双六がこの四五六じゃないかと思う。

その日はその目がいやにままになって、たちまち宴会料理を四、五卓注文しても、まだあまるほどの金が入っていた。よしもうひとかせぎと力んでいるとき、戦争がはじまってからできた友人で李国萃という男が、一人の男をつれてやってきた。ぜひ話したい重要なことがある、というので、別室で会うことにした。李と一緒にきたのは、色の黒い眼の鋭い、中国人には珍しいほどがっちりした体格の、三十を二つ三つ越した男だった。背広こそきているが、物腰がなんとなくがさつで、いかにも軍人らしい。彼が李にうながされて、江北訛《なま》りの強い中国語でぼそぼそ話し出したのは、こういうことである。

揚子江の北岸で、南京と上海の中間くらいにあたるところに泰興という、人口三万ばかりの城市がある。有名な江北の豚の集散地で、市民には裕福な商家が多い。重慶側でここを警備しているのは、忠義救国軍の張少萃という将軍である。この若い男は、私のにらんだとおり軍人で、この張の副官をつとめている蔡という男だった。

彼の話によると、張少萃の部隊は、中央軍の撤退後、重慶からくる軍費はとだえがちで、この冬に向かっての綿入れの服もなく、食糧もなく困りきっていた。それゆえ張少萃は、もし日本軍が兵士の生命、食糧を保証してくれれば、帰順したいと考えていた。そこへもってきて最近、日本軍が泰興を攻撃する気配が見えてきた。

日本軍が武力でこの町を占領すれば、民家は焼き払われ、市民にも多数の死傷者の出ることはわかりきっているから、今のうちになんとか話をつけて、平和裡に町を引き渡し、少なくとも市民を戦禍からまぬかれさせたい。これが張少萃や自分らの念願だが、ぜひお骨折り願いたい、というのである。

私が姜豪を憲兵隊の拘置所から出したことが、中国人の間に誇大に伝えられていたので、こんな相談をもちこんできたものらしい。それにしても、私がもし彼を憲兵隊にでも通告すれば、彼はそのまま捕虜になるだろうし、日本軍に捕まった忠義救国軍の副官が、どんな目にあうかは、彼もよく知っているはずだ。私は彼が日本人の私を、これほど信頼してくれたことが無性に嬉しくなった。この信頼に報いるためにも、ぜひなんとかしてやらなければならないと思った。

そこでこの話を、揚子江沿岸を守備区域としている登集団本部の坂田参謀のところへもちこんだ。坂田の話では、泰興方面の攻撃の時機は目前にせまっている。日本軍はこの付近に飛行場をつくる予定だそうだ。そしてもし張少萃が、ほんとに帰順するならば、兵士の兵糧を保証するに足る軍費は支給してもよいし、もちろん泰興を攻撃するようなことはしない、と答えた。

それをそのまま蔡に伝え、これで私も役目を果たしたと喜んだのだが、どうして蔡は、そんなことでは私を放そうとしない。

「ただ貴方がそう言ったと張少萃に伝えるだけでは、彼は動かないでしょう。ぜひ私と一緒に泰興まできて、直接、張少萃に話していただけませんか」

という。これは私にていのいい人質になってくれという申し出である。もちろん彼が一緒に行く以上、私の生命には別状はあるまい。だが、張少萃の部隊の中には、帰順に不服を持ち、〝焦土抗戦〟のスローガン通り、泰興の町を焼きはらって撤退しようという人間の一人や二人はいるはずだ。彼らはまず私を殺して、張少萃が帰順したくてもできないようにしようとするかも知れない。それに蔡という人との交際の日も浅いので、この人とともに敵地にゆくのは、かなり軽はずみな気持ちもする。

だが、ここで彼を信じていないような気振りを見せるのは、決して彼の信頼に報いる道ではない。また、せっかくここまで運んだことを、成就させる道でもない、と考えた。

ままよ万一ということがあれば、そのときは私一人の生命だけですむことだと、あっさり思いきって、彼の申し出を承認することにした。泰興攻撃が切迫しているので、すぐに上海を出発しなければ、間に合わないかもしれない。さっそく坂田に頼んで、私と李と蔡の通行証をもらった。

出発は昭和十五年の二月、みぞれの降る寒い日だった。常州までは汽車、そこから揚子江岸の江陰《キャンイン》までは軍用トラックに乗せてもらうことにした。トラックの運転台の屋根には軽機関銃がすえてあって、兵士が五人、同行してくれた。常州から江陰までの街道は、江南で遊撃隊がもっとも多く出没するところである。

途中、橋という橋はみな焼かれていて、トラックは黒こげになった橋げたの上に、間に合わせの板を渡したものの上を走らなければならなかった。同乗の兵士の話によると、修理しても修理しても、そばから焼かれてしまうので、そのままにしているとのことである。

大きな橋のそばには、きまって石でたたんだトーチカがあり、歩哨が一人つくねんと寒そうに銃をかかえている。トラックは途中、荷物をつむために二、三ヵ所でとまったが、それでもまだ陽のあるうち江陰の城内に入ることができた。すぐ江岸の江上警戒艇にいって、向こう側に渡してくれと頼んだ。しかし担当の士官は、上からの命令ならばともかく、そんな通行証のようなものだけでは、江上警戒艇は動かせない、それに向こう岸に行けばすぐ射殺される、君はわざわざ命をすてに行くつもりか、といわれた。もっともな話である。蔡は自分が一緒に行けば大丈夫だから、と主張したが、そんな中国人の言葉などを聞く日本軍ではない。

私たち三人は、やむをえずそこを引き揚げて、焼け残った中国の旅館に泊まった。その夜、暗い灯心をともした灯のもとで、三人は揚子江を渡る方法について語り合った。蔡はもっと上流に行って、中国人のジャンクを雇おうと提案した。結局、そうするよりほかはない。だが、私は内心、心細いかぎりである。

気の弱い者はひとに頼まれると、なかなかいやと言いきれず、切っぱつまると、とんでもない大胆なことをしでかすものだが、私の場合がまさにそれなのだ。この期におよんで馬鹿なことをしたものだと、いつもながらお調子者の自分が悔いられて仕方がなかった。しかし、もうここまできてはどうしようもない。私のような小さな存在は、死神が見落としてくれるかもしれない。ともかく、明日は目をつぶって、成り行きにまかせるほかはないと思った。

その夜は星一つ見えない、暗い空が戸の閉まらない窓からいつまでものぞいていた。

翌朝、李にゆり起こされてあわてて飛び起きた。李は蔡の姿が見えなくなった、あなたに置き手紙がある、と報告した。あわてて開封する。

「私は一人で行くことにしました。昨晩よく考えてみたのですが、これから先、あなたの安全を保証しかねることがあるかも知れないと思い、自分一人で行くことにしました。今まであなたをお試ししていたわけではありませんが、あなたの御誠意のほどはよく判りました。張少萃には私から、これまでの経過をよく申し伝えます。私の成功を信じて下さい」

せっかく気負っていたところを、肩すかしをくわされたような気もしたが、じつは内心、ひそかにほっとしたのである。ことによると、蔡に昨夜の自分の腹のうちを見透かされたのかも知れない。仕方がないから上海に帰って、そのままを坂田に報告した。彼は、

「何だ、君も李も向こう岸に渡らなかったのか。張少萃の帰順も怪しいもんだな」

と、だいぶご機嫌が悪かった。他人の命は案外、気にならないらしい。

泰興攻撃は、それから一週間もたたないうちに始まった。日本軍は張少萃が帰順しようとしまいと、ともかく泰興を占領するだけの兵力をもって行ったのだ。素人の私には、全体の兵力はよく判らないが、おそらく二、三千人がこの戦闘に参加したらしい。私への命令は、部隊司令部について従軍せよということだった。

江陰《キャンイン》に集結した部隊が、五艘の輸送船に乗って、泰興から五里手前の天星橋《テエンシンチャオ》という船着場

についたのは夜のひき明けである。朝靄《もや》のたちこめる江岸に向かって、数十隻の上陸舟艇が白波を蹴って乗りつけた。江岸は不気味に静まりかえっている。

最後の上陸用舟艇にのりこんだ私は、一気が気ではなかった。蔡は張少萃がかならず帰順するとはいっていたが、戦争は個人の力ではどうなるものでもない。対岸から一発でも弾丸が飛んでくれば、それは帰順作戦の失敗を意味するのだ。それで戦闘が始まり、泰興が武力で占領されれば、街は戦火に焼かれ、また非戦闘員の虐殺がはじまるだろう。そうなれば、これまでの努力はなにもかも無駄なのだ。対岸につくまで、頭を船ばたから出したり引っこめたり、はらはらしながらのぞいていた。人間もこう追いつめられると、どんな臆病者でも、自分の危険などはあまり考えないものらしい。

有難いことに、とうとう弾は一発も飛んでこなかった。上陸地点で隊伍をととのえ、田舎道を進んで行くと、百姓が四、五人、急拵《ごしら》えの日の丸の旗を立てて出迎えに来た。張少萃の警備隊は、昨夜のうちに撤退したそうである。どうやら帰順工作が成功したらしい。敵前上陸に張りきっていた部隊長は、拍子抜けしたらしいが、私ははじめてほっとした。

部隊は、天星橋から泰興に通ずる川に沿って行進してゆくはずだった。ところが、地図にはちゃんとあるその川がない。土地の人をつかまえて聞いてみると、川は水の多い夏はあるが、冬は川床だけになってしまうとのことだった。舟で運ぶはずの砲車は後回しにして、歩兵だけが堤にそって進んで行った、心細いかぎりである。

その日の夕方、泰興を目の前にして夜営することになった。明日未明、泰興を三方から攻撃するのだという。城内の状況がはっきりしないので、部隊長としては、これは当然の処置だろう。部隊長はその夜、私を呼んで、

「張少苹は帰順するといっても、君はそれをどうして保証できるか」

という。もちろん、私も確信を持っているわけではない。だが、ここで自分があやふやなことを言ったら、今までの苦心も水の泡だと思ったので、

「私の連絡している蔡という男は、永年の友人です。御心配にはおよびません」

と強い言葉で言い切ってしまった。明日もし張少苹の部隊が泰興に残っていて、不意に日本軍を攻撃してきたらどうしよう。自分の責任を考えると、また心配でたまらなくなった。

その夜、私に割り当てられた宿舎は、農家の勝手で、その半分は柵で仕切られ、豚が飼ってあった。家という字は、屋根を意味する宇かんむりの下に豕《ぶた》と書くが、この農家はまさにそれである。私はその豚の鼻いきと、心配と寒さに悩まされて、まんじりともしなかった。

真夜中ごろ、少しうとうとしかけたら、突然、私を呼ぶ激しい声に起こされた。戸外に出てみると、将校と二、三人の兵士が、ひとりの中国人を連れている。蔡だ。彼はたったひとり白旗をふりながら、日本軍の歩哨線に飛びこんできたのだ。私はすぐ彼を部隊長のところにつれていった。彼は部隊長に、張少苹が帰順を決意し、すでに泰興の街から引き揚げたことを報告した。これでひと安心である。私は蔡をつれて、また豚のいる寝床にもぐった。

翌朝、昨夜降った残雪を踏んで部隊は泰興に向かう。もう目と鼻の間なので、三十分も歩くと城門が見えた。別の部隊は後門に向かったらしい。そのとき突然、城の後方にけたたましい銃声が起こった。迫撃砲の音も混じっている。私ははっとして青くなってしまった。これでなにもかもおしまいだと思った。

だが、ものの十分とたたないうちに銃声はやんだ。部隊はなにごともなかったように、真っ直ぐに城門を入って行く。両側に商店が並んだ一本すじの街道町で、家はみな大戸を下ろし、静まりかえっている。中国人は影も形も見えない。兵隊は雪で濡れた石畳の無人の街路を、蕭然と進んでいった。

すぐわかったことだが、入城のときに抵抗したのは、張少苹の部隊ではなく、わずかに残った警察隊だった。彼らは八つの死体を残して、後門から撤退したそうだ。日本軍には一人の死傷者も出なかった。泰興の市民にも死傷者はなかったという。

その夜、町の長老連が蔡にともなわれて、私の宿舎にお礼にやってきた。蔡が自分とこの人が街を破壊から救ったのだとか何とか言ったのだろう。そしてもちろん、彼らから充分その代償をとることも忘れなかったであろう。だが私は、いいかげんな返事で彼らを追い返してしまった。私はいささか複雑な気持ちに襲われていたのである。私の行為は、街を破壊から救い、市民を殺さなかったということでは、多少貢献をしたかも知れないが、それが同時に、抗日中国の主張する焦土抗戦を妨《さまた》げたことも事実なのだ。

蔡の申し出をとりあげず、この町が日本軍の砲撃で破壊され、市民が殺戮《さつりく》されるのを見殺しにしておく方が、中国の抗戦という点からはよかったのかもしれない。私は自分のやったこういうことを、姜豪たちが知ったらどういうだろうと考えていた。

張少萃はその翌日、二人の副官とともに日本軍に帰順してきた。それからまもなく、彼の部隊の帰順式が行なわれたそうである。しかし、日本軍は私を通じて、彼に約束した軍費と兵糧を出し惜しんだとかで、彼はふたたび背叛したという話である。私は張少萃の帰順までは知っているが、その後の事情はよく知らない。というのは、その翌日、部隊と別れて上海に帰ってしまったからだ。

私は泰興の前線で、上海の楊からの知らせで、姜豪が和平の条件をもってすでに香港に出てきたことを知った。重慶でも汪精衛の新政権組織について、日本に最後の反省をさせるなんらかの手段をとるべき時期だったのだ。私は何をおいてもこの際、会見の場所マカオに行かねばならぬと考え、大急ぎで前線から引き返し、今井に頼んで広東行きの飛行機に乗りこむ許可をもらった。

大場鎮の飛行場で、飛行機の座席について出発を待っていると、最後に一人だけ、ずっと定時を後《おく》れて乗りこんできた男がある。驚いたことに、それは今井だった。前日許可を貰《もら》いに行ったとき、この飛行機に同乗するなどということはおくびにも出さなかった彼なのである。私はその冷酷さとその周到さに、改めて感心した。

その条件は酷だ

飛行機は台北の飛行場におりて油を補給し、また広東に飛ぶ。途中、座席が離れていたので、今井とはあまり話はしない。広東につくと、彼は出迎えの軍の自動車に乗って、そそくさ行ってしまった。なにか軍務の打ち合わせで広東まで出張し、すぐまた南京に帰るのだろうと思った。

その翌日、私は広東から一千トンばかりの定期船でマカオに向かった。香港——マカオの間はよく往来したが、珠江を下る航路ははじめてなので、目にうつるものがみな珍しい。一生を水上で暮らすという蛋民《タンミン》がすんでいる花艇《ホワティン》の群れ、片足をつかって櫓をこぐジャンクの船頭、わざわざ大きな汽船の通るのを待っていて、岸に逃げようとする魚を狙って網をうつ漁夫など、そんなものを漫然と見ているうちに、船はいつのまにか河口を出て、南支那海に入った。

ちょうど昼どきだったので食堂に入った。ふとわきを見ると、隅の方の椅子に背広を着た日本人が座っている。顔は見えないが、後ろ姿のどこかに見覚えがある。よく見ると、昨日飛行場で別れたばかりの今井なのだ。おそらく、なにか人に知られたくない仕事のために、ひとりマカオに行くのだろう。こちらからは声をかけない方がよいと思って、視線が合っても、空気でも見るように知らないふりをしていた。

しかしマカオでは、なんかの都合で船つき場が使えず、ここで降りる客はみな小さなはしけに乗せられたので、いやでも顔が合った。彼は上陸すると、そこに待っていた背広の紳士に迎えられて、すぐにホテル・リヴィエラに入ってしまった。私はこのときはじめて、彼が私の線とは別になにか秘密交渉の線をいじっているなと直感した。これも後でわかったことだが、そのとき出迎えにきた男が鈴木卓爾中佐だったのだ。

私はその夜、かねて打ち合わせてあった中央飯店で楊建威と落ち合い、南洋の金持ちの華僑というふれこみで部屋をとった。

マカオはポルトガル領でバクチを公許し、そのあがりで、行政を賄《まかな》っているおだやかな街である。だがここにも、広東から日本軍に追い出されてきた避難民が、多数はいりこんできているので、日本人には若干危険があるという。この街には古くから老人の日本画家が住んでいた。

この人はパリからの帰り途、ここに立ち寄ったところ、ここの風景の美しさに魅されて、生涯ここで絵を描く決心をした。しかし、風景画だけではとても生活できないので、春画などを描いては西洋人の観光客に売っていた。ところが、日華事変のはじまったとき、中国人の群集はこの孤独な老人をつかまえて、街中を引きずりまわし、背中にガソリンをかけて火をつけた。警察がやっと彼を救い出したときには、もう半身不随の不具者となっていた。マカオ政庁は、自分たちの失態だというので、彼を消防署の二階にひきとって世話をしていた。私にこの話をしてくれたのは、マカオ政庁からひそかにつけてくれた私服巡査だが、彼はほんのわずかの金で私に買収され、二度と私の前に姿を現わさなかった。しかし、私はいつもどこかで彼の目が光っていることを意識しながら行動した。

姜豪と朱泰耀が私の部屋に姿を現わしたのは、それから二日目の晩である。私はこれまでの経緯《いきさつ》で、彼らが今度出てくるときは、蔣介石の全権委任状のようなものを持ってこなければ、話が進められないことをいってあったので、この会談にはかなり期待を持っていた。挨拶がすむと、すぐその有無を聞いてみた。ところが、先方にはそれがなかったのだ。私の失望をみてとった朱泰耀は、かたわらからとりなし顔で、こう説明した。

「汪精衛の脱出以来、重慶からの飛行機旅行は厳重に制限されており、だれでも軍事委員会の許可がなければ乗れないことになっています。姜豪君が今度でてきたのは、もちろん最高当局の命令があってのうえです。さもなければ、姜豪君がマカオで日本人と会談し、またふたたび重慶に帰ることはできません。貴方にもそういうものがない以上、これだけで充分だと思います。そのうえ姜豪君は、非常に重要な具体案を持ってきております」

実のところ、私も自分の要求の無理なことはよく知っている。だがそれにもかかわらず、それを要求しなければならない理由があった。この年の九月から始まったヨーロッパの戦争から、民主主義諸国は、もはや中国をかまっていられなくなり、重慶の前途には暗雲が低迷している。

この情勢に有頂天になった汪精衛や影佐一派の南京政権樹立は、すでに述べたように目の前に迫っている。これを食い止めるには、蔣介石からよほど具体的な意思表示がないかぎりどうにもならない。私がそのことを言いだすと、姜豪はこう言った。

「実はそれなのです。現在重慶では『抗戦到底』の底とはなにか、ということが真剣に論ぜられています。日本から本当に、秘密交渉を開くために大物全権を出すつもりならば、もちろん蔣介石もそれに応ずる代表を出す用意はあります。しかし、その交渉を開くまえに、まず原則的な問題について、大体の了解ができていなければ、いくらお会いしても物別れになるばかりです。中国としては、そんな経緯が国民に知れればたちまち混乱し、老蔣《ラオチャン》は非常な苦境に立つことになるのです。

和平問題についてわれわれは、日本の政治の推進力がどこにあるかを研究してきましたが、現地の日本軍部に、それがあるように思われます。それゆえ、現地の軍部とわれわれの間で、まず和平停戦の原則的な条件について了解をつけたいと思っているのです。その了解さえつければ、それから後のことは、お互いの国内問題となりましょう。今度ここに出て来るとき、老蔣はとくに私を引見して、この和平停戦原則について指示されました。それがこれです」

ここで彼は、やおら一枚の紙片をポケットから取り出して、読み上げるように言った。

「一つは日本が中国の領土主権の完整を認めること。華北を『特別地区』とすることも、『満州国』を認めることもできません。その領土主権は中国にあります。だが、これはしばらく議論の外に置くことができます。要するに、領土問題は盧溝橋以前の状態にもどることになります。

二つは賠償問題、これは無賠償を当然とします。両国の間に勝利もなく、敗北もない和平でなければなりません。

最後は撤兵問題で、即時撤兵は日本として不可能かもしれませんが、中国の原則として即時撤兵を要求します。ある地域に、保証駐兵をする必要が認められれば、それは条約ではっきり撤兵の期間を規定していただかなければなりません。しかし、少なくとも華中地区、華南地区からは、即時撤兵を要求します。

この三つの原則は和平の最低条件です。中国はこの条件から一歩たりとも譲れません。今これが認められれば、中国は喜んで日本と和平を結ぶばかりでなく、今後日本と対外政策、とくに対欧州問題で、共同歩調をとる必要があります。御承知のように、現在欧米諸国はどれ一つとして、アジアに干渉する余力はありません。このとき日華両国の提携ができれば、われわれが欧州戦争の終結をはやめることもできるのです。日本はこの際、真剣に中国との和平を再考すべきではないかと思います。

この和平三原則でもわかるように、中国は国家独立の最低限度を維持することができれば、いつでも和平に応ずる準備をもっています。現在日本が、汪精衛の政権をたてることは、明らかに中国の独立国たることを否定することなのです。日本が汪を放棄することは、中国の独立を認める一番よい表現なのです。日本にその決意さえあれば、重慶の現状から見て、和平はすぐにも可能なのです。日本が汪に対する信義から、中国人全体に対する信義を忘れては困ります。

またもし汪を倒し、蔣を残した和平が、日本の面子を潰《つぶ》すというのならば、汪も蔣も下野《げや》し、別に三者を立てることもできます。老蔣は国家の面子さえたてば、自分の地位は問題ではないといっておりますから」

私はこれに対して率直に、中国の要求で日本が汪を引っ込め、日本の要求で中国が蔣を下野させるとすれば、一体、だれがこの政局を収拾するつもりか、とたずねた。姜豪は、「宋子文でしょう。老蔣が後ろから操縦できる人物としては、彼が一番無難でしょう」という。私が、「それじゃ老蔣の下野にはならないじゃないか」と言うと、姜豪はにやにや笑いながら、「老蔣がほんとに下野したら、中国はめちゃめちゃになってしまいますよ」と答えた。

これこそ中国の本音だろう。この三原則には、たしかに先方の誠意が現われている。おそらく中国としては、これがぎりぎりの線だろう。だがこれでは、見せかけの〝勝ち戦《いくさ》〟に心の驕《おご》っている現在の日本を動かせそうもない。

ともかく今井がこれでなんと言うか。私は姜豪を今井に直接あわせるのが第一だと思った。姜豪の方も否やはなかった。ただし、その会見の場所は香港かマカオ、現在日本の占領地区になっている上海ではいけないという。これもまた当然の話だ。これはどうしても今井を、ここまでひっぱりださなくてはいけないと考えた。

乱れ飛ぶ偽装情報

私はすぐに広東に出て、そこから日航機で上海に帰ろうとしたのだが、いま考えても不思議な事故で、一ヵ月近くも広東に釘づけになってしまった。実は私は危なく死にかけたのだ。私を内地から逃がしてくれた憲兵が、当時広東で大尉になっていた。私は彼に頼んで日航機の切符を手に入れた。出航の日は朝からよく晴れていた。旅館から飛行場までは三十分もかからないのだが、出航の一時間前に、彼のさし向けてくれた自動車で飛行場に向かった。途中で砲兵隊の長い行列にあって、十分も待たされてしまった。それが終わって走りだすと、また通行止めにあった。どなただったか、広東に宮様がこられていたのだが、そのかたが通過するまで待たされたわけである。飛行場はその道路を越えれば、すぐ向こうなのだ。軍ナンバーの車なら通過できるのだが、あいにくその大尉の心遣いから、ことさら普通ナンバーの車を回してくれているので通過できない。その時間の長かったこと。やっと飛行場に駆けつけると、私の乗るはずの飛行機は、すでに滑走路に出ている。と、見るまに私の目の前を飛び立っていった。

もう次便を待つよりしかたがない。それから毎日、航空事務所に日参した。だが、半月待っても、次便に便乗の番が回ってこなかった。毎日することもなしに、広東市内を遊びまわっていたが、あまり待たせられるのでおかしいと思って調べてもらった。その結果、あの飛行機はそのまま海中に墜落し、乗客名簿にのったものは、私ひとりをのぞいて全員墜死したと聞かされた。

一瞬、あのとき空に飛び去った飛行機が目に浮かんだ。ただ私一人だけが、普通でもめったにない三つの偶然の組み合わせで助かったのだ。だが、どう考えても自分だけが助かったということが実感にならない。この時代に生きているということは、こういう偶然の連続なのだろう。ただ次便に乗れないのが残念だった（ある中国人が、私の吉田東祐《チーテントンチユウ》という名は、吉人天佑《チーレンテンユウ》という言葉の発音とそっくりだといったが、その通りになった）。

やむなく船で香港に、そして上海へ、やっと南京の官舎で今井に会い、一切を報告することができたのは、それから一ヵ月もたった後である。今井は黙って私の報告を聞いていたが、姜豪の提案した三原則には、だいぶご不満の様子で、なかなかマカオに行くとはいわない。私はともかく姜豪にあって、この三原則に答えてもらいたい、もし不満があれば、それを先方に申し入れ、それに対して先方の譲るところは譲る、それが交渉というものではないか、はじめからあらゆる具体的なものが出るはずはない。原則はあくまで原則で、それに答えられない限り、交渉はこれで停頓してしまう、と主張した。

今井は、それならなんとかして姜豪を上海に呼んでくれ、総司令部第二課長の自分が、わざわざ香港まで行くほどのことはない、という。

私はこれを聞いて、心の中でこう考えていた。講和談判は、いつでも中立国でやるのが慣例だ。使節が敵国に乗りこむのは講和ではなく、求和の場合であろう。彼の態度の中には〝戦勝国〟日本の思い上がりがありはしないか。日本が中国でどんな広い地域を占領しようが、何百万の人間を殺そうが、中国の抗戦の意志は微塵《みじん》も動揺していない。このまま戦争が長びけば、両国ともじり貧になるが、同じじり貧でも、中国と日本とではじり貧の持ちが違うのだ。中国は長年の貧乏で貧乏慣れしているが、日本はそうはいかない。

当時、私のようなものにまで、はっきりわかっていた日本の敗相が、今井のような頭のいい軍人にわからないのは、やはり権力が明智を覆っているのだろうと。だが、実はこれは私の間違いだった。後でわかったことだが、今井はこのとき、すでに例の〝宋子良工作〟で、私が手に入れたのとほぼ同じような、つぎの三原則を手に入れていたのだ。
一、撤兵問題、揚子江以南は即時撤兵、華北はやや後《おく》れる。蒙疆は反共共同作戦を行なうために日本兵が残る。
二、重慶は満州国を承認しない。これは日本が他人の女房と姦通したようなもので、今さらその亭主に「承認」を求める筋合いのものではない。

三、蔣介石と汪との関係については、中国の内政問題であるから、日本は干渉しないでほしい。汪のことについては、決して日本の面子をつぶすようなことはしない。

ここでいわゆる〝宋子良工作〟について、若干説明しておくほうがいいように思う。今井の腹心の鈴木は、直接交渉の路線をさがしていたが、昭和十五年（一九四〇年）の一月になって、香港で宋子文の弟、宋子良と連絡がとれたという報告を、今井のところによこした。今井はさっそく香港に行き、二月六日、先方と会見した（おそらく今井が広東からマカオへ、変装して乗りこんだのは、この打ち合わせのためだろう）。中国側は、今井がもと北京で知っていた香港大学教授張子平、章某という外交官、陳某という蔣の侍従室付き、および問題の宋子良だった。もっとも本人は宋子良とはいわず、宋子傑と名のっていたそうだ。

彼らは一度、重慶に帰って、また三月に出直してきたが、このときは日本から今井のほかに臼井大佐が加わった。そのときの会談に出たのがこの三原則なのだ。この中で問題になったのが第二項で、日本は蔣介石にどうしても満州国を承認せよという、重慶側はそんなことはできないという、これが結局、最後まで交渉のがんになったらしい。ともかく今井や臼井は、この交渉に見込みがあると思ったので、汪精衛の政府樹立を四月十五日まで延期させようとした。

この話を聞いて憤然と怒ったのは汪精衛側だ。この間の事情は、周仏海の三月十九日の日記を見ればはっきりする（拙訳・建民社版「周仏海日記」九五頁参照）。

「犬養が来ての話に、今井・臼井がすでに香港に行き、重慶の某要人と和平の交渉をしている。その条件も大体目鼻がついたので、二十三、四日にはかならず停戦のニュースが入るだろう、それゆえ軍部では、新政府の組織を四月十五日まで待つようにと言っている、という。これを聞いて私は、ことのあまりの意外に驚いた。今井と臼井が香港に行ったことを、犬養らは上海でいまだかつて一言も私の耳に入れたことはない。これでも日本に誠意があるといえるのか、疑わざるを得ない。

香港での交渉が確実性があり、和平を期待することができるならば、何も新政府を組織しなくてもよいはずだ。しかし、交渉に当たっている先方は、重慶でもまったく重要性のない人物である。かようなことで、新政府の組織を延期するならば、和平もできないし、新政府の組織も、かならず失敗に終わるであろう。結局、両方とも駄目にしてしまうのではないかと言った。犬養は私の言に賛成した。後で影佐を呼び、新政府の組織を四月十五日まで延ばせば、この間われわれの運動はかならず崩壊する。それゆえ、最大限三月三十一日以上、待つことはできないと言った」

こうして彼らは、今井、臼井の要求を蹴り、三月三十一日、〝南京政府〟を樹《た》ててしまったのだ。

汪派の方では小野寺、近衛文隆が、かつて偽《にせ》の戴笠に引き合わせられたように、今井もまた偽の宋子良をつかませられているのではないだろうか、という疑いも持ったらしい。今井もこの点を確かめておきたいと思って、宋子良との会見の際、ひそかに相手の写真をとっておき、これを南京に送って首実検させた。だが、この写真は光線の関係でうまくとれず、結局、本物だという結論には達しなかった。

今井としては、使者が本物かどうかよりも、話さえ本筋ならいいだろう、ということで板垣、蔣介石、汪精衛を長沙で会見させ、停戦交渉をやろうというところまでもちこんだ。これについては、今井自身が「文春」などに書いたものがあるから、ここではあまり触れたくない。ただ私にはどうしても、蔣介石が本気でこんなことを考えていたとは思えない。

というのは、それまでの交渉で日本側は、〝蔣の満州国承認〟という要求を一度もひっこめたことがなかったからだ。私の交渉筋から入った情報からみても、また当時の中国の情勢からいっても、日本がこの要求を撤回しないかぎり、蔣介石が和平交渉に応ずることはありえないからである。

蔣がもし、満州国を承認すれば、おそらく第二の汪精衛として、国民から見棄《す》てられることはわかりきっている。その結果は、中国あげて中共に献ずるようなものだ。蔣ともあろうものが、こんな馬鹿げたことをするはずがない。

蔣介石を、そして中国の実情を、日本側よりはるかに深く知っていた周仏海が、表面ではこの板垣、蔣介石、汪精衛会見案に同意しつつ、内心ではそれに対して十二分の疑惑を持っていたことは、彼の七月十二日の日記にはっきり現われている。それには（拙訳「周仏海日記」参照）——

「このことを数日前、蔣介石が近衛声明を攻撃したことと対照してみると、あまりにおかしく、かつ唐突である。今、蔣が第二案（註、板垣が蔣介石とまず長沙で会見し停戦を議し、ふたたび適当な時期及び場所において汪、蔣を会見せしめ、南京・重慶の合作を協議するという案）をとるといってきたところをみると、また事実のようでもある。結局、どちらなのか私にも判断はできない。おそらくこれもやはり、日本の新政府承認を破壊しようという謀略なのではあるまいか」

さすがに彼はよく観察している。事実、蔣は、日本が中国の独立を認めないかぎり（その具体的な表現は満州国の承認強要）、板垣と会う意志もなければ、いわんや汪と会う意志などさらさらなかったのだ。案の定、この話はうやむやになってしまった。

では、蔣は周の言うように、ただ日本を動揺させ、汪精衛政府の承認について日本を足踏みさせるために、こんなことをやったのであろうか。私はそうは思わない。蔣はたしかにこのとき、人を派して、日本側と折衝させ、日本の和平に対する真意を探ろうとしていた。このことは今井の方にも、彼の侍従室勤務の陳某、私の方にも侍従室勤務の姜豪がきて、大体同じような三原則を提起したことによってもわかる（それからまた同じように、宋子文とか宋子良とかいうものの名が出ていること、これはことのならないうちに中共が騒ぎ立てれば、あれは自分の知ったことではない、と逃げる蔣の常套手段だ)。

ただし今井の方は、この原則を日本側で認めないうちに板垣、蔣、汪会見案に飛び上がってしまった。これはおそらく宋子良一派のその場の作為で、蔣の真意ではあるまい。蔣としては、この三原則は、姜豪が言ったように、和平のぎりぎりの線なのであるから、これが認められない限り、日本との交渉は無駄だという考えを持っていたに違いない。

これ以来、いわゆる直接交渉はぱったりととだえてしまった。もちろんそれには、汪政権樹立に対する国民党全体の反発、国民の敵愾心の昂揚ということも重大な関係がある。また日本側でもヨーロッパから、枢軸側の勝利が毎日のように伝えられてくるので、板垣ではないが、「今さら蔣介石でもあるまい」という気分になってしまったのだろう。そうこうしているうちに、翌年の十二月八日には太平洋戦争、その緒戦の成功がまた、日本の気炎をあおりたてた。こうなると、もう誰も直接交渉など屁もひっかけなくなった。

密使、敵陣へ赴く

昭和十六年十二月七日、つまり太平洋戦争のはじまる前夜八時ごろ、小野寺の残した上海機関から電話があって、今夜から明日にかけて絶対に外出してはいけない、と警告された。これはなにかあるなと思っていたら、案の定、その夜のひき明けどき、窓ガラスを吹き飛ばすような大砲の音。夢中でとび起きてヴェランダに出てみると、黄浦江の空には、花火のような火線が縦横に走っている。

蘇州河畔にあるエンバンクメント・ビルの六階にいたので、黄浦江は目と鼻の先である。そこには英米の軍艦が並んでいたが、日本軍はそれを攻撃したらしい。ともかく、日本が英米と戦争状態に入ったことはまちがいない。

その瞬間、これでもう日本もおしまいだと感じた。日本が中国だけでへとへとになっていることをよく知っていた私には、そのほかの考えは頭に浮かばなかった。興奮して部屋の中をせかせか歩き回っていたが、胃から下にはまるで重量感がなかった。

夜が明けると、日本の陸戦隊が租界に進駐し、主だった建物を一つ一つ占領していった。中国人は、これまで租界を支配していたユニオン・ジャックが降ろされて、日の丸に変わってゆくのを、複雑な気持ちで呆然とながめていた。彼らは公園の入口に、『犬と中国人は入るべからず』という立札の立っていたのを、その眼で見てきた人々なのだ。

それからの租界は、てんやわんやだった。これまで租界の主人公だった英・米・仏の白人が収容所に入れられ、彼らの持っていた産業が日本人の手におさめられると、日本人にそっぽを向いていた中国人も、急に日本人にゆがんだ笑顔を向けるようになった。そうしなければ、めしが食えないからだ。

〝急ごしらえの親日派〟がめだってふえてきた。日本人の顔さえ見れば「アリアト」「コニチワ」を連発するやつがあるかと思うと、「東洋先生《トンヤンシーサン》、いいむすめあるよ」とにやにや笑って近づいてくるやつがある。要するにアメリカ軍進駐当時、われわれが見てきた東京と同じような鼻もちのならない空気に支配されたのだ。

汪精衛の南京政府は、こんな空気に暖められて成長していった。それゆえ彼らはいつも中国人の気持ちよりも、日本人の、それも現地軍部のそれに、気をつかっていた。彼らの毎日は、日本人を宴会に招待するのが主な仕事だった。国民に対する政治は、かけらさえあったかどうかも疑問である。ほんとのところ、この政府には政治の対象となる民衆がいなかったのだ。民衆——つまり中国人——は誰一人として、自分が南京政府の人民であることを是認しているものはいない。彼らは表面、現実の支配者に対して卑屈になればなるほど、腹の中では、いまに見ろという反抗心で煮えたぎっていた。

中国人のこういう気持ちは、それまで一度も敗戦国民になったことのない日本人には理解できなかった。とくに民衆と接触する機会がなく、また接触しても言葉がわからない軍人は、中国人は伝統的に事大主義なのだから、日本が英米を圧倒している今日、親日的になるのは当然なことだ、と甘く割りきっていた。

考えると無理もない話である。彼らをとりまく中国人といえば、国民から〝漢奸〟として相手にされない特殊の中国人に限られていたのだから。いや、たとえ彼らが、中国の民衆の中に入って行っても、中国人は彼らにはほんとうの気持ちを打ち明けまい。おそらく彼らの前に出た中国人という中国人は、どんな気にさわることをいわれても、黙ってうなずくだけだったろう。

曽国藩はかつて、『洋務尺牘《せきとく》』という著書の中で、こういっている。

「君の面前で、君を侮辱するようなことをいう外国人に会ったなら、それに対する一番よい方法は、おだやかに笑い、あたかも君が彼の言ったことがいっこう判らないような、馬鹿なふりをすることである」

中国人は日本人に対して、この伝統的なけだかい愚鈍ぶりを発揮していた。中には、中国人にもずいぶん面と向かってレジスタンスを示したものがあった、というかも知れないが、それは時と場所とその限界を心得ている政治家だけなのである。その証拠には、中国人の中で、日本の軍人に向かって、

「あなたがたが、ほんとうに中国人のためを思ってくれるなら、まず日本にお帰り下さい。中国は中国人だけでやってゆけるだけに、充分成長していますから」

と言った人が幾人あったろうか。だが、この言葉こそ六億の中国人がみな胸のうちに感じていたことなのだ。

租界の中国人が日本人に対して、表面日一日と卑屈になっていくのを知るにつけ、私にはその内心に燻《くすぶ》る怒りが切実に感じられた。そのころ、日本からもずいぶん著名な学者や文士がきて、南京政府治下の現状を見ていったが、誰ひとりとしてこの真実を日本に伝えてくれるものはいなかった。当時の日本の情勢としては、無理もないことだったが、私のように毎日それを見せられたり、聞かされたりしている人間には、黙していることは耐えられないことだった。韓非子が秦王に会ったときの言葉に、こういうのがある。

「臣聞く、知らずして言うは不智、知って言わざるは不忠、人臣となりて不忠は死に当《あた》す。言って当らざるもまた死に当す。然りと雖《いえど》も臣悉《ことごと》く聞く所を言わんことを願う、唯大王其の罪を裁せよ」

中国には秦王の前に出てさえ、こう言いきった人間があったのだ。そうだ、この現状につ

いて書けば、結局、軍部や南京政府の宣伝のそらぞらしさを暴く結果になり、筆禍が身におよぶかも知れないが、私もまた「然りと雖も臣悉く聞く所を」言ってみようと決心した。

その機会は、待つほどもなくやってきた。上海の租界に、百年に近い歴史をもつ〝申報〟という大新聞があった。〝申〟というのは上海の旧い地名である。この新聞は、太平洋戦争後、日本の海軍に接収され、陳彬龢を中心として復活することになった。陳はこの新聞社のもとの社長だった史良才という有名な評論家に可愛がられた男だ。史良才は蔣介石に反対して、国民党に暗殺され、陳はこれ以来、ひどく蔣を恨んでいた。彼はその反蔣的なところをみこまれて、日本から新聞の経営をまかされたのだ。こんなわけで、彼としてはかならずしも汪精衛に好感を持っていたわけではない。汪も蔣も彼から見れば、国民党という同じ穴の狢《むじな》なのである。

私は元来、陳とは一面識もなかった。ある宴会で、岩井総領事から引き合わされたのがはじまりだったと思う。岩井という人は、外交官の型を破った、東洋流の快男子だ。東洋流の快男子、えてしてワイ男子だが、彼もまたその例外ではなかった。彼は美人を見れば、すぐに愛情を感じ、そして相手の自分に対する愛情を打診してみたくなる。

ここまでは誰でも同じなのだが、彼の衆人と異なるところは、その場で「愛の検温器」を使用することだ。検温ずみの相手があまり多いので、いちいち顔はおぼえていない。新しい美人を発見したと思い、事おわってのち、これならたしか覚えがある、と、恍然として悟ったという男である。

こういう男の宴会だから、その席上では、真面目な話はなにもでなかった。したがって、陳という人物を気にもとめなかった。ところがある日、突然、彼から訪問を受け、やぶから棒に、中報の日曜論壇に、時局についての意見を書いてもらいたい、と頼まれた。「あなたのところに出入りしている、李という人から、あなたの御意見はよく聞いている。なんでもいいから、あなたの感じたとおりに書いてもらいたい」というのだ。そういう機会を待っていた私にとっては、願ったり、かなったりの申し出なので、二つ返事でそれを引き受けた。それ以来四年間、私は同紙の日曜論壇に、時弊《じへい》について書きまくったのである。

私がまず第一に槍玉にあげたのは、日本が「汪精衛政権」を樹て、これと「同生共死」することを誓うことによって、中国人を平等に取り扱っているかのような印象を与える宣伝の欺瞞《ぎまん》性である。いま手許にその当時の論文集が残っているから、その中からその部分だけを抜粋《ばっすい》してみよう。

——「日本はすでに中国と同盟条約を結び、平等をもって侍しているにもかかわらず、中国の知識階級の多くは、心から日本と『共同奮闘』しているようには見えない。これはいったい、なぜだろうか」と、ある日、一人の支那通が憤りの感情をもって私にたずねた。真の学者は真実を教える書物を読もうとし、俗学は事物がそうあって欲しいと思うように書いてある書物だけを読もうとする（辜鴻銘著『春秋大義』より）。この支那通もまた、中国知識階級の対日感情について、「そうあって欲しいと思うように書いてある」報告書だけを読んでいるから、こういう詰問がでてくるのであろう。中国知識階級の対日感情は、それほど単純ではない。

かつてある座談会の席上、中国の知識階級の一人は私にこういった。

「日本は中国と『同生共死』を誓った。しかし、日本人の配給米と中国人の配給米の量は三分の二以上ちがっている。これでは中国人は、日本人と一緒に死のうと思っても、三分の二だけは先に死んでしまうではないか」

と。他の一人は私にこういった。

「日本は中国と『同甘共苦』するというが、上海、南京間の鉄道旅行では、日本人と中国人は決して同甘共苦しているとは言えないではないか」

最後の一人はこういった。

「要するに、中国人は自分の国にいながら、常に日本人に対して、一種の遠慮を持っている。これと反し日本人は、この国にいながら中国人に対して、外国の土地にきているという遠慮を持っていない。これでは中国がいかに『自主独立』だといっても、その実感がともなわないじゃないか」

彼らの述べていることがいかに小さいことであろうとも、それが中国知識階級の大きな関心となっていることは事実だ。日本人の中には、これらの事実になるべく触れず、ただ街の壁という壁に、ところきらわず『同甘共苦』『同生共死』という標語を貼りつけることが『興亜工作』だと考えている人が少なくない。――

この中で中国人があいった、こういったという表現をしたのは、万一筆禍がおよんだ場合の逃げ道である。当時実際には、こんなあけすけな抗議を、日本人に面と向かって言える中国人はいなかった。私はいつも自分の意見を率直に提示しないで、間接的表現法をとることにしていた。そのために、文章の力がそがれたのはやむをえない。真実はどんな形でもい い、伝えなければならないと思ったからだ。

実際、南京政府の姻戚政治は、年とともに腐敗し、民衆の生活はいよいよ耐えがたいものになってきた。しかし、日本の大新聞はいつも、南京政府の政治はうまくいっていると報道していた。これについても私は、「墨子論」という題でこう書いている。もちろん「墨子」などをひっぱりだす筋合いのものではないが、「煙幕」としての価値があると思ったからだ。

――中国における封建的家族主義は、いまはじまったことではない。墨子は「尚賢」の中で当時の政治を批判して、「親戚なれば則《すなわ》ちこれを使う、故なきも富貴、面目姣好なれば則ちこれを使う。この故に百人を治むること能わざるものを千人の官におらしむ、千人を治むること能わざるものを万人の官におらしむ」といっている。その結果、政治はどうなったかというと、「餓うるも食を得ず、寒《こご》えるも衣を得ず、労するも息《いこ》うを得ず、乱るるも治むることを得ざらしむ」という状態であった。

墨子は周の敬王のときに生まれた、西暦紀元前五百年ごろの人であるが、彼の言葉はいささか現在の中国の政治に向けられた皮肉のように聞こえないこともない。いま試みに「餓うるも食を得ず、寒えるも衣を得ざる」人々が、この上海にどのくらい多いか調べてみよう。

一昨年、普善山荘（上海で行きだおれの死体を埋葬する慈善団体）で埋葬された死体は総計三万一千七十体。その内訳をみると、子供の死体一万八千八百五、大人の死体一万二千二百六十五である。すなわち毎月平均二千五百八十九強、毎日平均八十五体あまりになる。

昨年十一月十九日、突然、上海に寒波が襲来し、温度がいちじるしく降下したが、その日一日、普善山荘が収容した死体は、上海の第一区だけですでに七十六あったという。人々は凍死者、餓死者（この二つを厳格に分けることはできない。なぜならば、凍死者はたいてい同時に餓死者であるから）に同情はしているが、さてそれではといって、自分個人ではどうしようもできない。

この社会で人々に対する同情心を徹底的に実践しようと思えば、自分の方が一足さきに普善山荘のお客さんになりそうだ。それゆえ道ばたで、今まさに凍餓死しようとする人々を見ても、ただ「没有法子《しかたがない》」と、そのまま素通りする人が大部分である。――

中国の民衆がこういう状態にあるにもかかわらず、軍は米の買い付けに影響があるからといって、米を上海に入れることを禁止し、かつぎ屋が米をかついで上海に入ってくるのを、巡捕に追い返さした。この政策を、この文章の続きはつぎのように抉《えぐ》っている。

――昨年の暮れ、南京政府司法行政部長張一鵬先生は、私につぎのような話を聞かせてくれた。「上海の人々は、配給米ではとても暮らせないから、結局、黒市《やみ》の米を買っておぎなわなければならない。もし上海に黒市米《やみまい》がなかったとすれば、上海の餓死者の数は驚くべきほど多数にのぼったであろう」と。

まことに考えなければならぬ御言葉である。もし上海に配給米以外に米の来源がなかったとすれば、おそらく上海には、ずっと以前に大変な事態が起こっていたであろう。それを考えれば我々は、朝暗いうちからヴォルガの船曳きのように列をなして、米をかついで上海に入ってくる人々に対する観念を変えなければなるまい。

彼らは電車に乗ることもできず（乗れば切符以外に特別のコンミッションを車掌に払わされる）、ときには巡捕に殴られたり、追いやられたりする。じつに彼らこそ「労するも息うを得ざる」人々である。しかし法律的にいえば、彼らは統制経済を乱すものである。彼らを取り締まらなければ、地方における米の買い付けに支障をきたす。しかし、上海の配給米が現在のような状況にあるかぎり、彼らの米搬入を厳重に取り締まれば、たちまち食米恐慌が起こることは必然である。それゆえ彼らこそ「乱るるも治むるを得ざらしむ」るものであろう。――

ここにもちょっと触れているように、南京政府の役人たちの主な仕事は、統制経済を利用して民衆をいたぶることだった。彼らの月給がインフレで安くなったせいもあるが、賄賂はほとんど公然のことになっていた。それだけに民衆の彼らに対する憤懣は、激しいものがあった。私はそれを「法の神聖」にこうぶちまけた。

――〝賄賂〟というものは、日本では「袖の下」という別名があり、こっそりやるものと思っていたが、最近の上海では、公衆の面前で公然と行なわれているところに、その特徴がある。それはすでに賄賂の範囲を超えて強奪の域に入っている。この誰の目にも見える公開的悪行は、いわば氷山の一角で、その眼に見えない部分は、見える部分の何倍あるか分からない。

たとえば、道路の片隅に椅子を持ち出して、ささやかな靴磨の店をだしている男は、ただで制服の役人の靴を磨いたうえに、一日の収入の中から応分の「税金」を収めなければならない。さもないと、交通規則違反で追い払われる。黄包車の車夫を相手に雲呑《わんたん》や粥をあきなっている屋台店も、既定の営業税のほかに「街の保護者」に応分の献金をしなければ、法の保護を受けることはできない。三輪車の車夫がうっかり明かりをつけることを忘れれば、ただちに免許状をとりあげられる。しかし、正式に罰金をおさめなくとも、五円札をにぎらせれば、免許状はその場でかえしてもらえる。

こういう風習は、社会のあらゆる方面に行きわたっている。たとえば、煙草屋の店があらたに開かれると、そこにはかならず制服の「街の保護者」が現われ、その店の大きさに応じて月々の保護料が要求される。煙草屋で店員が、商品の一部を闇市場に売るようなことがあった場合、いちいち法規に照らされて閉店を命ぜられれば大事であるから、一も二もなく保護料をおさめて、「保護」してもらわなければならない。以前にはこれと同じことを、街のごろつきがやっていたが、近ごろでは彼らは制服の人々に押されて失業してしまった。ともかく上海の綱紀が最近、極度に紊乱《びんらん》したことは何人も否定できない。社会道徳を維持する道具は法律であるが、その法律を執行する人々が、かえって道徳を破壊するためにそれを使用すれば、民衆は誰も法の権威を認めまい。民衆は賄賂を強要する道具と化し去った法によって罰せられることを、むしろ光栄とするであろう。こんな政府の将来ははっきりわかっている。――

いま読んでみると、何の変哲もないことだが、当時の上海の情勢下では、これが精いっぱいの表現で、これだけ書くのもびくびくものだった。私はそれから一歩進んで、中国人は汪精衛政権には決してだまされない、彼らの求めているのは、この政府の「かっこ」つきの「自主独立」ではなく、ほんとの自主独立である、日本がこれを認めないかぎり、中国との「全面和平」は不可能だと説いた。日本人のこういう言論が、一部の中国人には共感を、一部の中国人にはある疑惑を持たせたことはもちろんである。

ともかく、一応問題を投げているので、よく読まれたらしく、私の社論の載った日曜日の中報は、いつも売り切れだった。重慶の「大公報」もそれをとりあげて、日本人の中にも、日本の政策を批判するものが現われたと宣伝の材料にした。日本の憲兵隊でも目を光らせたが、書いていることが、だれでも知っている事実なので、正面から弾圧することもできなかったらしい。結局、二、三の論文が活字にならなかった程度ですんだのである。

中共系の人々は、汪政府のお膝もとでこんな文章が発表されるということは、蔣との「全面和平」を促進する日本の謀略に違いないと見たようである。これは考えの筋道としては、当然なことだ。日本と蔣との和平は、中共にとって一番いたいところである。したがって、この方面からは再三、脅迫状が舞い込んだ。これもみな中国人のほんとうの気持ちを伝えるものとして重要だと思い、残らず「社論集」の中におさめておいた。その一つにはこんなのがあった。

「吉田東祐！　最後まで忍耐をもってこの手紙を読み終わるべし。汝はその臭筆を以て、中華民族の心を征服せんとす。汝は議論の重心を避けて軽きにつき、空言空語を以て中華大国の人民を欺かんとす。汝は糖衣を以て毒薬をつつみ、中華人民を毒殺せんとす。しかし汝は結局失敗せん。極少数の廉恥を喪《うしな》い尽くせる中国人を除き、大多数は尽《ことごと》く汝の臭文を以て尻を揩《ぬぐ》わん。

汝は今後筆を絶つべし。汝がもし依然として筆をとるならば、我らは道路の上、自動車のなか、飯店等、その場所と時とを問わず汝を墓場に送らん。請う自重せよ！

中華人民抗日先遣隊第三大隊長応某」

なかなか名文の脅迫状だ。私はそれをすぐ紙上にとりあげて、中国人の大部分が私の文章で尻を揩っているのならば、私は便所紙の大量生産者というわけである。したがって、君が私を暗殺すれば、上海の人々は便所で尻をぬぐう紙に不自由し、この社会はもっと臭気ぷんぷんたるものになるであろうと皮肉った。

こんな強がりは書いてみたものの、当分は内心、いささか恐れをなしていた。上海にテロは少なくなっていたとはいえ、まだあとは断たなかったし、それにはっきりと彼らに目をつけられたとなると、あまりいい気持ちのものではない。

しかし、人間が書きたいと思う気持ちは、こんな脅《おど》かしくらいで止められるものではない。私は相変わらず書きつづけた。たとえ万一のことがあったとしても、現在世界中で毎日何千何万という人々が、意味もなく戦争にひっぱり出され、自分にとってなんの理由もない死に方をしているのに、私にはそれだけの理由があるだけでも幸福じゃないかと思っていたからだ。

しかし中国の中にも、私の書いたものの中に、和平への真剣な意欲を認めてくれる人々もかなりあったらしい。激励の手紙も沢山きた。なかには抗戦地区からきたものもあった。おそらくそうした関係からであろう、昭和十七年の十二月の初め、朱泰耀を通じて私は思いがけない申し出を受けたのである。CCの某要人が、国賓として私を抗戦地区に迎え、和平問題についてじっくり話し合いたいというのだ。

会見の場所は上海から、あらゆる交通機関を利用して四日行程の、先方の司令部のあるところ、つまり日本側からいえば敵区の中心地である。行き先も先方の名前も教えてくれない。なんだか狐につままれたような話だが、いかにも中国的な、それも三国志的な大時代の味のある話だと思った。当時の情勢から見れば、会ったからといってどうということも考えられないが、日本軍と対峙している、中国の前線の背後になにがあるか見てくるだけでも面白い。朱という若干えたいの知れない人物に生命を託するのであるから、旅行の途中に危険もあろう、だが、それもまたスリルがあって面白いじゃないかと思った。

夜の市長の正体

それにしても、ＣＣの要人たるものが、なぜこの時期にいたって和平のために動こうとするのか。当時太平洋では、アメリカがようやく攻勢に転じようとしていたし、ヨーロッパの東部戦線では、ソ連軍がすばらしい勢いで盛り返していたのだから、そこに若干疑問があるように思った。この点を聞きだすと、それに対する朱の答えは、いささか私の意表をついた。

「実はいまソ連に勝たれてしまうのは、国民党としてすこし困ることがあるのだ。アメリカが参戦した以上、日本が結局、負けることは『鉄《てつ》一般的《のような》事実《じじつ》』だから、われわれとしてはすこしも心配していない。ただ気がかりなのは、勝利のあとの国内問題、つまり対中共の問題だけである。ソ連がいま勝てば、連合軍の反撃準備のできない今日、ドイツがことごとくソ連の勢力下に入ることは間違いない。そのときのソ連の威権《プレステージ》は、アジアにも当然ひびいてこよう。一番直接の影響を受けるのは中国で、もうそのときには国民党は、中共をどうすることもできなくなる。だからわれわれとしては、今のうちにアジアの時局を、自分たちの手でおさめたいと思っている。

もちろん、今となっては中国と日本だけで話をつけるわけにはいかない。しかし、日本に話のわかる政治家が立って、軍部内閣に代われば、中国は米国と日本人との間に立って話をつけてもいい。日本が徹底的に負けてしまわないうちに、また国民党がこれ以上傷つかないうちに、両国間で話がつけば、中国と日本の手には、また充分に発言権が残るから、米英側に多少の難点があっても押すことができる。アジアの戦争をヨーロッパよりも一足さきにおさめることは、米国の希望でもあるから、この方面でも問題はないと思う」

私はかならずしもこの言葉の全部をのみこんだわけではないが、CCが戦後における中共の拡大を見通して、焦っていることだけはよくわかる。ともかく、日本が中国の手引きでこの戦争を切り上げることができるというのは魅力のある話だ。

CCと和平した日本には、当然反動が残るというかも知れないが、私たちが第一次大戦後に経験したように、この戦争の後にも起こるであろう民主主義の潮流の前には、そんなものは一も二もなく崩れ去ってしまうであろう。いな、たとえ多少期待はずれがあろうとも、それはまたそのときのことで、今の日本にとっては、まず終戦が先決問題、そのためにCCの要人がわざわざ私に会いたいというのなら、ともかく会うことにしよう。私の心はこう決まった。出発は十二月十日ということである。

その日は朝からよく晴れて、春のような暖かさだった。中国の田舎の旅は寒いと聞いていたから、滅多にしたことのない毛の腹巻きまでしてきたので、暑くてたまらない。そのうえに、上海に来た当時に買った一番汚い長衫を着て、北方人のよくやる毛皮の帽子を冠《かぶ》ってきた。北站《ベーツアン》（北停車場）は相変わらずの雑沓《ざっとう》である。ようやく乗りこんだ私たちの客車は、まともに足もたてられない。

蘇州を過ぎると、やっと車内に空席ができ、私たちは朱と向かいあって座ることができた。彼は上海で言わなかった、この旅行のコースを初めて教えてくれた。さすがにこういう工作で鍛えあげた男だけに、用心のいいことである。

それによると、私たちはまず常州で汽車を下り、城内から和橋鎮《ホーチヤオチン》というところまで、華中鉄道の公共汽車《バス》にのる。和橋《ホーチヤオ》から船で鼎山《テンサン》鎮にでる。鼎山は日本軍の最前線で、それを越えて八、九町ばかり先に行った湖汊《フブ》には、中国挺身隊の前哨戦が出ている。それから、一日行程で張渚《ツアンツエ》、張渚からさらに山の中を一日行った山丫橋《サンヤチヤオ》に、私の会う人が待っているという。だが、まだそれが誰なのか教えてくれない。

常州で汽車を下りる。城門に入るところで、薄ぎたない綿服の警察官に、私たちの市民証を検《しら》べられる。私たちのはもちろん本物ではない。それから型のごとく荷物を検べられたが、中に入れておいたはずの英国製のナイフが型のごとくなくなっていた。中国人ならさしずめ「不《プ》翼而飛《イアルフエイ》」（羽もないのに飛んでゆく）というところだ。

常州の城内はひどく壊されていたが、残壁には修理が加えられ、ともかく人家が並んでいる。和橋鎮行きのバスは、出発までまだ二時間まがあるというので、街の菜館に入って待つことにした。川蝦《かわえび》の生きのいいのを油で炒《いた》めたものと、家鴨《あひる》の塩漬で昼飯をすませ、お茶を飲んでいると、様子を見せにやった伙家《ボーイ》が帰ってきて、バスが出ると知らせてくれた。大急ぎで乗り場に行ったときには、もう十五、六人も先客が待っている。

しかし、すぐ出発するはずのバスが出たのは、それから一時間も後だった。そして出たと思うと、十分も行かないうちに検問所で止められた。そこで乗客はみんな車から降ろされ、二本の丸太でつくられた手摺《てすり》の間を通って、一人ずつ日本兵の前に出る。武器でも匿《かく》していないかと、服の上から身体をさぐられる。それを通過すると、今度は汪政府の警察官が荷物を検べる。これは、もっとも自分たちが抜き出すのが主な目的だ。

それから二時間ほど、バスは夕暗をついてひたばしりに走り、和橋鎮に着いたときは、もう日はとっぷり暮れて、星が降るような晩になっていた。

和橋鎮は、川沿いの細長いちょっとした町である。軒ならびの店には灯が赤々と燃えて、品物が豊富だった。この町は「淪陥区《ルエンクワンチユイ》」と「自由区《ズユーチユイ》」との中間にあって、双方の密貿易の中心になっている。「淪陥区」というのは、日本側が「和平区《ホーピンチユイ》」といっている地域で、「占領された区域」という意味である。人の国を武力で犯して、反対するものを殺してしまえば、一応、後は静かになるが、この辺りはたとえその意味でも、和平区と呼ぶにはふさわしくなかった。和橋鎮から五里と離れないところには、もう忠義救国軍の本拠がある。また新四軍は、絶えずこの周囲を流動している。この町には双方の密輸商人兼スパイが入りこんでいて、それぞれ自分の部隊に必要な物資を調達したり、自分の地盤から出る物産を売り捌《さば》いたりしている。そうした関係から、この町には上海からきたマッチ、煙草、綿製品、薬品、それに奥地から出てくる桐油、豚毛、鶏卵などがどの店にも豊富なのだ。

私たち三人は町に入ったものの宿屋には行かず、アラビアの迷路にも似たわかりにくい小路を通って、郊外にある朱の同志の家を訪れた。主人はあいにく留守だった。私たちが訪ねてきたら、お通ししておけといいつけられたとか、病身そうな、若い細君が私たちを一番奥まった居間に案内してくれた。主人を店の者が呼びに行っている間、私たちは竜井《ロンチン》を飲みながら雑談していた。

「実は――」と、そのとき朱泰耀は少し改まった――だが、長いつきあいなので、すっかり親しい口調で私に話しかけた。「実は君をこの町につれてくるまで、名前をいってはいけないと言われていたから、今まで黙っていたが、君に会いたいという人は呉紹澍《ウシヤオスウ》さんなんだよ」

呉紹澍――私はこの人なら、これだけ行きとどいた要心もするはずだと思った。呉紹澍は、当時三民主義青年団上海支部長兼江蘇省監察使という肩書きだったが、事実は上海地下政府の隠れもない市長である。彼は中国の抗戦が勝利した日、初めて生まれた全上海市――今までの租界を含めた――の最初の副市長に任命された。名目は副市長でも、正市長が任命されていなかったから、事実上は最初の上海市長である。そのとき彼はまだ四十歳になったばかりの若さ、これだけでも彼がどんな人物かわかるというものだ。

上海は中国の抗戦にとって重要な都市だったので、中国は軍隊が退いてから後も、地下政府の特務工作によって、この大都市を治めていた。この地下政府の責任者は、蔣伯誠、呉開先、呉紹澍の三人だが、そのうちで一番若くて一番やり手が呉紹澍、彼の機智と決断と勇気はあまねく知られている。上海に隠れているときは、滬南憲兵隊の管理をしていた杜月笙の家に起居していた。憲兵隊では、まさか、そんなところに彼が隠れていようとは夢にも考えていなかった。

密告でそれと知った憲兵隊が、半信半疑でその家をかこんだとき、彼はとっさに門番にばけて、憲兵隊のためにその門を明けてやった。そして彼らがどやどや中に入ってくる隙に、入れちがいにそこから逃げ出してしまったのだ。蔣伯誠や呉開先が捕まった後も、彼は上海中にはりめぐらされた密偵網の中を平気で出没し、幾度となく危ない目に遭いながら、ついに上海を見棄《す》てなかった。彼は中国人の間では、藍衣社の戴笠《タイリ》や、中共の鄧発と共に、一種神秘的な存在に考えられている。今、その彼が自分の隠れ家で私に会いたいというのである。

私はいささか興奮した。

朱泰耀は続けていう。

「いくら呉紹澍さんでも、戦争中に日本人を自分の司令部に招待することは彼個人じゃできないんだよ。中国の政界じゃ、お互いにあらを見つけあっているから、そんなことを彼の一存でやったとすれば、すぐ問題になる。今度のことは、ずっと高いところの了解を受けているのだ。だから僕たちが正規軍のいるところまでくれば、後は君の安全を保証できる。ただこの二日、三日の間が、ちょっと心配なんだ」

このとき、若いやせぎすの好い男がひょっこり入ってきた。様子がどうもここの主人らしい。しかし、私たちへの挨拶もそこそこに、朱となにかごそごそ話し合うと、また落ち着かぬ様子で外に出ていった。朱は困ったような顔を私たちの方に向けて、つぎのように言う。

「少し工合の悪いことが起こってしまった。四日ほど前に、この町で新四軍の密偵が二人あげられて、町に大掃除があったんだ。その側杖《そばづえ》を食って、『山』の人間も三人あげられてしまったんだ」

彼が「山」というのは山丫《サンヤチヤオ》橋の呉紹澍の本拠のことである。呉紹澍は、もともと私たちのために特別の案内者を、この町に出して置いてくれた。その人はこの地方に特別な顔を持っていて、彼について行けば、これからさき安全に旅行できるはずであった。ところが、この町でこんな騒ぎが起こったため、一昨日、その人はひとまず山《やま》に帰ってしまった。この家の主人も要心のため、それ以来、家を留守にしている始末だという。さすがの朱も、これから先の旅行を、案内者なしでどうして続けていこうか、思案にあまっている様子だった。私はここで考えていても仕方がないから、ともかく宿をさがそうと、表に出ることにした。外はいつの間にか風が強くなり、空には星が凍てついたように光っていた。切り石を敷いた狭い道を三、四町歩いて、やっと教えられた宿屋に着いた。この街の一流だと聞いていたが、俄普請《にわか》の板の隙間から星が見え、寒い風がぴゅうぴゅう吹き通る惨《みじ》めさだった。それでも鱔魚の煮付けや、温かい蛋花湯《タンホアタン》で晩飯を終えたときは、身うちがすっかり温まってきた。

朱はまた、これから先どうしようかと切りだした。彼は呉紹澍のことだから、きっと何か手を打ってくれているだろう、ともかく鼎山まで行こうといいだした。楊はひとまず上海に引きかえして、もう一度、呉からの連絡を待って再出発すべきだといった。話はなかなか決まらない。

私は人間は朝になると、宵の思案は変わるものだ、といって、二人を残したまま自分の部屋に引き取ってしまった。待ちかまえていたように、宿屋の伙家《ボーイ》が十七、八のあどけない顔をした妓《おんな》をつれてしつっこく勧める。私はひどく眠かったので、突《つ》っ樫貪《けんどん》につっぱねて寝てしまった。

ものの二、三時間も寝たころだろうか、突然、ゆり起こされたらしい。気がついて見ると、楊が不安そうな顔をして、私の前に突っ立っている。「朱が和平軍の憲兵に引っ張られるから、すぐ来てくれ」という。飛び起きて朱の部屋に行って見ると、朱が四、五人の制服にかこまれて、しきりに尋問されていた。この男は例の強気から——そして内心にみなぎる漢奸への軽蔑感から——つい不遜な応待をしたと見える。

私はその場を一目見て、両方がこう感情的になっていては、下手に金を出すのは、かえってことを面倒にするだけだと思ったので、とっさに日本語で、「僕は日本の軍人で、この町に秘密調査の目的で入ってきたものだ。この男は僕の部下だから、なにか不審な点があったら、僕が責任をとる」と高飛車に出た。

この場合、日本語が相手にわかるか、わからないかは問題ではない。おそらく日本語はわからないだろう。だが、私が日本人であること、日本人でありながら中国人の服装でこんな町に入り込んでいる奴は、憲兵隊とか、密偵とか、何か曰《いわ》くのあるものに決まっていること、少なくともこれだけのことは相手の頭をかすめたに違いない。

すかさず私は、古ぼけた「無給嘱託」の証明書を見せてやった。相手にそれが何を意味するかわからないにしても、その中にはともかく「支那派遣軍」という字の入った大きな印が捺《お》してある。これで万事解決した。今度は中国語で同じことを繰り返したら、彼らは万やむを得ずといった顔つきで、「好了《ハオラ》、好了《ハオラ》、明白了《ミンパイラ》」といいながら引きあげて行った。行きがけにその一人は、なおあきらめかねたように、証明書の文句を手帳に写しとっていった。明日あたり、日本の憲兵隊にでも照会するらしい。しかし、憲兵が不審に思ってこの宿屋にやって来る時分には、私たちは彼らの手の届かないところに行ってしまった後だろう。

翌朝目を覚ましたときには、もう七時をだいぶ回っていた。昨夜のことがあるので、朝飯も食べずにそそくさと宿を飛びだした。どうしても先に行かなければならないことになってしまった。夜来の風もすっかりおさまって、よく晴れたおだやかな朝である。霜が解けてきたとみえて、道の敷石が打ち水をしたように濡れている。片側の家並みの間から、川幅三、四間の川が見える。川の面には濃い水蒸気が立ちのぼっていて、それが道路まで流れてきている。

道路の両側には、折から朝の市場がたっていて、羊頭を掲げて羊肉を売る攤《みせ》、豚頭を掲げて豚肉を売る攤、田舎からねぎや大根を売りにきた女たち、壺の中で大餅《タービン》をやく餅屋、桶をならべて川魚を売る魚屋、こういった人たちがところせまく攤をはっている。

街の人たちはできるだけわずかな金で、できるだけ豊富な食物を仕入れようと喧《やかま》しく朝の「討価反価《かけあい》」をやっている。私たちはその間を通り抜けて、町外《はず》れに近い小さな飯屋にはいった。豆腐のスープと豚饅頭を一蒸籠《むし》注文したら、伙家《ボーイ》がこちらからいいもしないのに、「酒は何斤もってまいりましょうか」といった。朱は、この町の人は大酒飲みで、よく朝酒をのみに来るのだと註釈してくれた。伙家に、鼎山に行く船は何時に出るかと聞いたら、ここ四、五日、途中が危ないので止まっているという。船以外に陸路もあるが、近ごろは新四軍が出るからやめた方がよいということだった。

もう四、五日も止まっているのなら、今日くらい出るかも知れない。ともかく船着場まで行って見ようと、途中で儲備券《ちょびけん》を法幣に換えたりしながら、ぶらぶらともときた道を引き返した。行きついたら案の定、船はけさ出た、しかもたったいま出たばかり、その曲がり角までゆけば見えるはずだという。私たちは大あわてに川沿いの道を駆け出した。

なるほど曲がり角にくると、船が小さく黒く見えている。曳船だから追いつけないことはあるまいと思ったが、道は川に沿ってばかりはない。しかし、どうやら二十分くらい走ったら、船頭がそれと気づいて船を止めてくれた。

この船は荷足《にたり》くらいの大きさで、帆柱の先に長い綱をつけ、二人の人間が岸づたいに曳いて行く。船があまり岸に近づくと、船頭が竿で一と押しする。船のなかは十畳敷きぐらいの広さで、町に青物を売って帰る百姓女、田舎に物を売りに行く商人、それに私たちのように得体の知れないのが十五、六人、混然とつまっている。川にも検問所があって、船が二度目の検問所を通過したころから、客同士お互いに口をきくようになった。

検問所でだいぶしぼられた差し向いの商人が隣の人に、何か「ツェジュン、ツェジュン」といいながら盛んに罵《ののし》っている。朱は「ツェジュン」とはなんのことかと聞いたら、この辺では汪政権の和平軍《ホーピンジュン》のことを、かげでは賊軍《ツエジュン》といっていると、吐き出すようにいった。そして新四軍は銭はとらないが、人を殺すから「要命不要銭《ヤオミンプヤオチエン》」だが、和平軍は人民を新四軍だといいがかりをつけて金をゆすったり、新四軍を捉えても、金さえ出せば命はとらないから、彼らは「要銭不要命《ヤオチエンプヤオミン》」だという。それなら日本軍はどうだねと尋ねたら、彼はちょっと考えて、昔は「要命不要銭」だったかも知れないが、今はだんだん「要銭不要命」になりかかっていると答えた。

スノーの『西行漫記《レッド・スター・オブ・チャイナ》』を読むと、北の方では紅軍に対して農民が非常に好意を持っているように書いてあるが、この辺の老百姓《ラオペシン》は新四軍にあまり好意を持っていない。新四軍は農民から「救国公糧」を徴収する。ところが、色々な魑《ち》魅魍魎《みもうりよう》が新四軍の名前で救国公糧をとるので、農民は「救国公糧」にはほとほと困り抜いている。だから、「和平軍《ホーピンジュン》、槍得吃《チャンテツ》、新四軍騙得吃《シンスジュンベンテツ》、老百姓没得吃《ラオペシンメテツ》」という言葉がある。意味は「和平軍は奪い食い、新四軍は騙《だま》し食い、そこで百姓は食うに食われず」ということになる。

以前、地主の徴税人をやっていたような奴は、百姓の懐《ふところ》工合をよく知っているので、各方面から重宝がられている。彼らは左の袋には新四軍の税、右の袋には和平軍の税というように、百姓から税のとり分けをやる両棲動物――ときとしては三棲動物?――として農村に寄生している。いじめられるのは百姓で、ただ軍隊を養うために働いているようなものだ。「中国は今こそほんとに共和国になった」という言葉ほど、この現実をうまく表現した皮肉はない。つまり中国は今まさに共産軍、和平軍、国民軍の三国時代に入っているのだ。

船はいつの間にか、川幅の広いところに出ていた。もう曳船ではなく、船頭が櫓を押している。暮れやすい冬の陽がだいぶ西にかたむいて、黄色い光線が際限なく広がった大地を照らしている。白く光る帯のようなクリークが、収穫を終わったばかりの稲田の間を曲がりくねって流れ、その両側に水車小屋の茅屋根が、頭の丸い釘でも打ったようにぽつんぽつん散在している。まばらに散らばった農家からは、かすかに白い煙が立ちのぼっている。もうそろそろ夕飯を炊く時間らしい。

両岸は深い枯葦の茂りで、ちょっと大利根の水郷をゆく感じだ。ときどき水鳥がばさばさと枯葦の間から飛び出して空に散らばると、だんだん小さな黒い点になって、やがて空の色に溶けこんでしまう。なんだかこんなところから両岸の葦をかきわけて、水滸伝の阮小七でも飛び出し、「人生一世草生一秋《レンセイイスツアオセンイツウ》」と見得《みえ》をきりそうな気がする。阮小七は宋の新四軍だが、ほんとうの新四軍が出たらどうしよう。この船の中から身柄をもって行かれそうなのは、さしずめ私たち三人だろうと思うと、いささか心細くなって、あたりをそっと見渡した。なにしろ、四日ほど前に鼎山《テンサン》行きの船が襲われたばかりなので、ほかの客も同じような心配を持っているらしい。でも心配なものはなにも出ずに、六時ごろ、船は無事平穏に鼎山についた。

この町には日本軍はいない。町の裏にある鼎山という山の上に要塞があって、そこからはめったに町に下りてこない。町は和平軍だけで守られている。町の中を長衫《チャンサン》を着た便衣の和平軍が銃を肩にかついでいるのを見ると、いま偵察から帰ったばかりという格好で、いかにも前線の町らしい。

これから十町と離れていない湖汊《フブ》という村には、中国の挺身隊がきていて、上からの命令があると、思いだしたように小銃の撃ち合いをやるが、ふだんは両方で姿を見ても黙っているという。この町も密輸ルートに当たっているので、町の平和を壊すことはお互いに不便だからだ。

その日、夜食を食べすぎたせいか、夜中に目を覚ました。馬桶《モートン》に腰をかけて大便をしながら窓をあけて外を見ると、月が円《まる》く、皎《ひろ》く、寒く、明日越えるという山の上にかかっている。明日あの山を越えれば、いよいよ「敵地」だなと思った。なにかの間違いが起こって、このままになってしまったら、自分のこうしたことを誰が知ってくれるかと思うと、妙に悲壮な想いがした。しかし、それはなんだか中学生のヒロイズムと、女学生のセンチメンタリズムをこね合わせたような甘さのともなった感情だと気がついて、少し恥ずかしくなった。

蠢動《しゅんどう》する影なき男

翌朝、目が覚めたときは、もうだいぶ陽が高くあがっていた。朱泰耀は、連絡者をさがしに出かけていなかった。正午までには帰ってくると書き置きがしてある。こんな薄暗い宿屋に昼まで待ってはいられないと、楊をつれて時間つぶしに町に出た。町といっても、家並みがまばらに三、四町つづいているだけで、それを過ぎると、陶器を焼く高いかまどが、あちこちに散在しているくらいなもの。

この町は中国料理に使う「砂鍋」という素焼きの名産地で、船着場に行ってみると、陶器が山のように積まれてある。その中に五つ六つ大きな金魚鉢のような黄色い瓶《かめ》が伏せてある。色が風雅なので、そこにいる年寄りに、これは金魚でも飼う瓶かと聞いたら、坊《ぼん》さんが死んだときにおさめる瓶だといった。そして北の方では、こんなのは使わないのかと反問された。私が毛皮の帽子を冠《かぶ》っているので、北方人とでも思ったらしい。

引き返して途中で買った芝麻餅《ツマピン》をかじりながら、日本軍の要塞のある山の方に行ってみた。道で日本兵が五、六人、軍用電話線を架けているのに出会った。三、四人は仕事をして、二人は付け剣で見張っている。近づいて行くと、大きな声で、「あの中国人《やろう》、日本人みたいな顔をしてやがる」というのが耳に入った。私はこれはまずいと思ったので、わざと聞こえぬふりをして横にそれてしまった。

せっかく散歩をしようと思ったが、こんなことで時間のつぶしようもなく、また、辛気《しんき》くさい宿に戻ってきた。時間がたつのが遅いので、少しいらいらしていると、十一時近く、ようやく朱泰耀が若い商人風の男をつれて帰ってきた。その男も山の関係者だが、私たちのことをあまりよく聞いていないらしい。湖汊までは自分が案内するが、湖汊の挺身隊には知った人がいないから、そこだけは何とかごまかして通ってもらいたい。この道は商人が往来しているから、検査はあまりやかましくないと言っていた。

私たちはこの男の後について、畑の中を人が踏み歩いて自然にできた小路を突っ切ってゆく。道ばたにつくり醬油屋の大きな白壁が見えるが、その上には「抗戦到底」と「和平建国」が大きな字で並んで書かれている。この辺りは敵味方が激しく取り合ったところと見えて、相手のスローガンを消す遑《いとま》がなかったらしい。ものの六、七町行くと、もう向こうの森かげに人家が見えてきた。あれが湖汊だと、案内の男が教えてくれた。

村の入口の橋のたもとに、藍《あい》色のよごれた綿服をきた二十二、三の若い兵士が突っ立っている。こちらをちらっと見たが、別に警戒する様子はない。朱は黙ってそこを通るのも変だと思ったのか、「村役場はどこだね」と聞いていた。兵士はなにもいわず、村の中の大きな屋根を指さすと、そのまま前を向いて、私たちにはまるで無関心の様子だった。私たちは黙ってそこを通過した。これが敵と向かい合っている前哨線かと思ったら、何だか張り合いが抜けてしまった。だが、実はそんなことではすまなかったのだ。

　そのまま村の街道をぶらりぶらり一町ほど歩いて行ったら、突然、大きな藁屋のかげから三、四人、モーゼル銃をもった便衣の男が出てきて、私たちをとりかこんだ。「どこに行くのですか」と言葉だけは丁寧に、その中の兵隊らしいのが詰問する。朱は「山《やま》に用があって行くものだ」と落ち着いて答えた。

　山という略号がこの辺りでも通っていると見えて、急に彼の態度が穏やかになった。まあ休んでいらっしゃい、とその藁屋の中に案内してくれる。お茶を出してくれたり、上海の様子を聞いたりしていたが、隊長の態度には、私にだけなにかしら打ち解けないものがある。そして、しきりに私にだけ話しかけようとする。

　私は日本人だと看破されたのじゃないかと、不安でたまらなくなってきた。朱もそれと察してか、私にはなるべくものを言わせまいと、私が南洋の華僑で上海のＣＣの活動に多額の金を寄付した人だとかなんとか、ひとりでしゃべっていた。しかし、そんなことでごまかせそうな相手には見えない。なにか部下に命じて軍用電話で打ち合わせをさせていたが、やがて返事がきたと見えて、急に愛想《あいそ》よく「貴方のことはよくわかりました」と自分から先にたって、私たちを村はずれまで案内してくれた。

私たちはその男から離れて、はじめてほっとした。その男には妙な殺気があって、目を見合わせるたびにぞっとさせられた。後で聞いたことだが、彼は藍衣社のしたたか者で、かつて上海特別市長傅筱庵の家に伙家《ボーイ》として住みこみ、市長を暗殺した有名な男なのだ。上海で日本の憲兵隊や密偵が、血眼になってさがしている男と、ここで一緒にお茶を飲んでいると思うと、ちょっと面白くなった。

村を出ると、間もなく草の深い野原だ。もとは田畑だったに違いないが、しばしば戦場となったので放棄されているらしい。道はだんだん勾配が上がってきて、向こうの山の麓に続いている。その原の半ほどまで来ると、山の麓の方から人の群れが近づいてくるのが見える。朱は、「山からの出迎えの者かも知れない」と言ったが、果たしてそうだった。

轎《かご》が四台、それに武装した護衛が三人、先頭の轎に乗っている男は、しきりに手を振っている。どこかで見覚えのある顔だ。三メートルばかり近づいたとき、はじめてその人が姜夢麟であることがわかった。この人がどうしてこんなところにきているのか、私は懐かしさに思わず駆け出した。

姜夢麟は呉紹澍の右腕である。彼は上海で呉紹澍の住所《アド》を知っていたほとんど唯一の人間だった。呉紹澍が上海を留守にしているとき、彼は呉紹澍の指令を着実に実行し、敵側には呉紹澍があたかも上海にいるかのように思わせていた。呉紹澍の身代わりとなっていたので、日本の憲兵隊や汪政府の藍衣社というべき七十六号——本部が極司非路七十六号にあった——の追跡が激しかった。そして、ついに七十六号の密偵に逮捕されてしまった。

七十六号の拷問といえば、その道の人は、聞くだけで唇をふるわせている。その拷問に彼はよく耐え抜いて、ついに呉紹澍の住所《アドレス》を守り通したのだ。そのかわり、あばら骨を三本折られたまま病監につながれる身となった。胸の打撲傷から、やがて肺病を患《わずら》い、三年目にはいよいよ危ないというところまで行った。

私は前から朱と楊に彼の救出方を頼まれて、そのために努力してきたが、ちょうど一年ほど前にやっと身柄を軍から貰《もら》い下げることに成功したのだ。それ以来、私は彼の身元引請人として、彼の行動に責任をもたされることになった。だが、彼を出したときから、彼の自由を拘束することなどはとてもできそうもないと思っていた。

案の定、彼は病院から退院すると同時に姿を隠した。風のたよりに重慶で働いていると聞いたとき、私は彼のためにも、私のためにもほっと胸を撫ぜおろした。彼が上海の近くで活動してまた捕まったら、今度は私の責任も追及されると思っていたからだ。その姜がいま、私の目の前に突然、現われたのである。

彼は轎からもどかしそうに飛び下りて、私の手をにぎり、何度もそれを振った。まず挨拶もしないうちに、黙って上海から逃げ出し、大変ご迷惑をかけた、といって詫びた。だが、彼は続いてこういった。

「私は形の上では貴方を出し抜きましたが、気持ちの上では貴方に何の負債もありません。私はあれからここにきて、貴方と上海で話し合っていた仕事を続けてやっています。重慶でも、だんだん私たちの言葉を聴《き》くようになってきました」

この言葉で、今度のことが何もかもわかった気がした。呉紹澍が、なぜ急に私と会いたいと言い出したか、なぜ私が日本人でありながら国賓のように待遇されて、中国の前線の奥深く入ることができたか、それは決して「急に」でもなく、また「突然」にでもない。みんなこういう国境を超えた同志の努力の結果だったのだ。私はただ黙って彼の手を握りかえした。下手にものを言うと、頬に熱いものがかかりそうだったからだ。

私たちはそこで用意された轎《かご》に乗った。私にはこれが轎に乗る初めての旅である。前の轎《かご》夫《かき》が水溜まりなどを跨《また》ぐとき、後ろの相棒に「当心《タンシン》」と声をかけてやる。その声が「御用《ターン》心《シン》」と長くのびて昔の駕籠屋の「えーいほい」という掛け声に似ているのもおかしかった。私たちは間もなく山麓に達した。そこから轎を下りてかなり急な坂道をよじ登る。

山はそう高くはない。三十分くらいで峠に達した。鼎山の方を見ると、昨日通った和橋からの水路が黒い大地を這いまわる蛇のようにうねっている。太湖も見える。どこまでが太湖で、どこまでが霞だかわからない。ただ手前の方には、帆かけ舟が二艘あるので、その辺りだけは湖であることがわかる。この景色も長くは見ていられない。鼎山の要塞から、この峠を越えるものを狙い撃ちすることがあるということだ。

峠を下りると、ふたたび荒涼たる草原がつづく。それからの山沿いの道、川沿いの道、私は轎の上でうつらうつらしていた。峠を下りてから何時間たったか、時計も見なかったが、もう四囲《あたり》はすっかり暗くなっている。どこかで虎つぐみに似た鳥の鳴き声を聞いたように思う。轎夫の「到了《つきました》」という声で目をあけて見ると、前にちらほら張渚《ツァンツェ》の町の灯が見えていた。

この町は顧祝同の前線司令部の所在地だけあって、町に入ると兵隊の多いのが眼につく。藍色のだぶだぶの綿服を着た少年兵が、無邪気に追っかけっこをしていたり、老兵が小川で食器を洗っていたりするさまを見ると、この人たちが日本兵と殺しあっている人たちなのかと不思議な気がした。町の店屋では、アセチリン燈や石油燈を使っているので、今までに通過したどの町よりも明るく、活気づいて見えた。

その夜の宿で、私は早く床についたが、隣室の話し声が高いので、なかなか寝つかれない。隣室の人々は中国の将校らしく、話を聞いていると、誰々は衡陽で戦死したとか、誰々はどこどこで負傷してそのあげく、インポテンツになって細君に逃げられたとか、あまり陽気な話題ではない。この町もやはり、中国のどこの町でもそうであるように、貧困と悲劇を、無関心と長閑《のどか》のオブラートで、ふんわりくるんでいるに過ぎないのだ。

翌朝未明に起きて張渚をたった。村鶏すでに晨《あかつき》を報じ

暁月を漸《ようや》く色なし
行人馬上に去り
残燈空駅を照らす

劉翬《りゅうき》のこの詩は、私たちのこの朝の出発を歌ったかのように思われる。くらやみの中で、村の鶏は鳴き出して晨を告げている。暁の月は空の色の明るくなるにつれて、だんだん薄くなって行く。私はいま轎に乗ってこの町を去ってゆくが、もう二度とここを過ぎることはあるまい。町を通って行くと、早起きの店の灯が、ところどころ凍りついた街路を赤々と照らしている。

町を出ると、間もなく山路にかかる。山といっても大きな山ではない。丘のような小さい山が出たり入ったりしている間を、羊腸の坂道が続いている。私たちはこの日一日、その坂道を上ったり下りたりした。轎の上に座っていても、汗ばむような暖かな日だった。轎夫の太い頸《くび》にどす黒い汗が流れていた。

暮れ方近く、ようやくその山峡を出ることができた。道の両側にある人家がだんだんふえてくる。山丫橋《サンヤチヤオ》の村界に入ったらしい。しかし、私たちは村の方へは行かず、道を東にそれて、爪さき上がりの小径に入った。栗の木の生えた小山にかかると、道ばたの藁を結んだ肥料小屋のようなものの中から、ひょいとモーゼル銃をもった中山服の青年が現われた。私たちをじっと見ていたが、やがて姜夢麟を認めて挨拶する。こういう小屋を二つ通過して、茅葺きの屋根のある門のところに着いた。いよいよ目的地に達したらしい。

私たちがそこで轎を下りかけていると、門の中から、中山服の二人の男がやって来た。私は呉紹澍がどんな人柄か、何の予備知識もなかったが、そのどちらが彼であるかはすぐわかった。どこかに大きいところがある。色の黒い小肥りに太った男で、背はあまり高くないが、大きな特徴のある口をしている。少し出っ歯で、顔や体つきだけ見ると、かなり粗野なところがあり、ちょっと土建屋の親方のような感じだが、声はよく澄んで知性の高さを示している。

「やあ、お待ちしていました。途中で使いに出したものが手違いでお会いできず、おいでになれるかどうか、今まで心配していました」

とすぐ握手する。その様子には少しもぶったところがない。腹のできていないものは初対面のとき、自分をえらそうに見せようと、なにかふだんと違ったポーズをとるものだが、この人にはそうしたえらぶりは見られない。

丘の上の家は、茅葺きの日本の農家に似た大きな家だ。中が三つに分かれていて、中央が辨公室《じむしつ》、向かって右側が呉紹澍の居間、左側が副官の控室になっている。畳数にすると、いずれも十五、六畳の広さだ。私たちはまず辨公室に通された。お茶が出て一通りの挨拶が終わると、呉紹澍は、ともかく旅塵を流してはと、私をさっそく用意してあったらしい風呂に案内してくれた。

風呂場は母屋をちょっと離れている。裏が高い崖になっていて、そこから筧《かけい》で澄みきった清水が、滾々《こんこん》と風呂場に流れこんでいる。外はすっかり黄昏《たそが》れて、空気が湿っぽく重くなってきた。かまどの下でパチパチ粗朶《そだ》の燃える音が、ときどき静かな空気を破るだけである。どこか遠くで、山鳩がしきりに鳴いている。

風呂からあがると、もう食卓が用意してあった。酒はないが、菜は八品ほどある。呉紹澍は、

「ここは上海とちがって、ご馳走はありません。ふだんはみんな一汁一菜なのですが、今日は貴方の福にあやかって、私たちも口果報させてもらいます」

と言った。私は彼のいいまわしの巧みさに感心していると、彼は自分の箸で、そのうちの一皿から肉をとって、私の小皿に置いた。これはとくに自分がつくったものだから、何の肉かあてて見ろという。食べてみたがよくわからない。豚でもなし、鶏でもなし、まさか犬でもあるまい。あっさり、わかりませんよというと、呉は、

「これは野兎ですよ。三日ほど前に、山から出てきて庭先で遊んでいたのです。あんまり可愛いいから、どうしようかと思ったが、あいにく手元に拳銃があったので、打ったらころっといっちまったんです」

と笑いながら言った。この人は厳《いか》めしい顔に似合わず、笑うと片笑くぼができて、とても愛嬌がある。そしてその笑いに、すこしもつくりがない。

食事が終わってから、みんな呉紹澍の居間に引きとった。私たちの話は、だんだん本筋に触れてくる。その夜、彼の語った話のあらすじだけでも、ここにまとめてみよう。

一、民族の自主独立ということは、国民が自分の好む政治形態を選び、自分の信頼する元首をたてる自由を持つことである。外国が日本の国民に、天皇を廃棄して、ほかの人を元首にせよと迫ったら、日本の国民はどういうだろうか。日本の軍部が、汪精衛を中国の元首としようとしているのは、それと同じことなのだ。

二、日本がこのような矛盾をした頭を首脳者としていただいているかぎり、中国はもちろんこれと和を結ぶことはできない。それはともかくとしても、日本が国際社会と正面から衝突するのは必然だ。日本の国民は、もし正常な国際社会に生活するつもりならば、まずこの「狂気の頭」を変える必要がある。現在までの経過から見て、日本が「狂気の頭」から解放されないかぎり、日華の和平は原則的に見込みがない。

三、日本の軍部も、汪精衛では中国をどうすることもできないことを、いまではすでに悟っているのだが、彼らは自分からこの政策を撤回するわけにはいかない。それがたとえ日本を破滅に導くことを知っていても、それをやれば軍部自身の崩壊になるので、どうすることもできないのだ。したがって、日本はこのままでは結局、破滅にまで行ってしまう公算が多い。

四、中国は国民の感情としては日本の惨敗を欲しているが、政府の理性としては、日本の破滅は欲していない。アジアにおける日本の実力が破壊され、中国だけが残るとすれば、今後の世界政治におけるアジアの発言権は失われ、同時にソ連および中共の進出をはばむ力も減少する。これは中国の前途に重大な関係があることだ。

五、それゆえ日本としても、世界情勢のもっとわかる政治家が、日本に残っている正気の力を結集して、軍を抑圧しうる権力をつくることが急務だと思う。日本の民衆はいままでのところでは、軍の政策を下から是正する可能性はないと思う。日本では自覚した既成政治家の結集が、一番実現の可能性のある和平への近道だ。もし日本にそういう運動が起これば、われわれは決してそれを傍観してはいない。われわれの方もそれと連結し、和平の提議を与えることができる。

彼はこの話の最後に、容《かたち》をあらためてこうつけ加えた。

「貴方は戦争中、賓客として国内に招待されたただひとりの日本人です。どうか私たちの意向を、日本のものの わかる政治家に伝えて、日本が最後の破滅に至らない前に、日本自ら現在の狂気の頭を是正し、世界と融和しうる条件をつくりだすよう努力して下さい。日本はなんといっても、これまではアジアの安定力でした。それが今、アジアの大きな破壊力となっているのです、日本は過去においては、アジアの地位を高めました。それが今は将来に向かって、アジアの地位を低めようとしているのです」

彼の言葉は対句の妙と、修辞の美しさをそなえた中国の政治家特有のものである。彼は

「確かです」というとき、普通「不成問題《ブツンエウエンテイ》」とか「没有問題《メイユーウエンテイ》」とかいうところを、「毫無問題《ハオウウエンテイ》」という難しい言葉を使う。それがいかにも彼のいかつい顔にふさわしく、威厳をもっていた。

彼が「世界情勢を知った政治家」というとき、日本の誰々を指していうのか、私は彼に聞きたいと思ったが、いろいろ話しているうちに、彼が日本の政界についてあまり具体的な知識を持っていないことを知ったので、やめにした。彼はそれをむしろ私に求めていたらしい。しかし、私は長いこと日本を留守にしていたので、日本の政界についてはなにも……と、いってよいほど知らなかった。私は正直にそれを話した。

貴方のお話の筋はよくわかる。だが、私はいまのところ、日本の政界と何のつながりも持っていない。しかし今、貴方が私にこんな大きな使命を与えてくれたということは、私が日本の政界とつながりを持つ大変よい助けになる。それゆえ、このつぎにお会いするまでには、かならず貴方のお話を、いな中国国民党の気持ちを「もののわかる政治家」に伝え、日本に、貴方のいわゆる「狂気の頭」を是正する運動を起こしてみよう。

ただ日本の政治家は、貴方がたのような革命家ではなく、他人がすでにつくった平らな道を歩いてきた人たちばかりだから、「狂気の頭」を倒されなければいけないと知っていながらも、それを「革命」する術《すべ》をしらない、だから、大切なことは、貴方の国の動きであって、貴方の方で、彼らが「革命」すれば、こういう条件で和平するという、はっきりした意志表示を与えて、彼らを刺戟《しげき》してもらいたい。その意味で双方の運動の連絡線を、もっと強固にしておく必要があると思う。

私がそう話すと、彼は即座に同意して、いつでも必要なときには、朱を通じて直接、彼と連絡できると答えた。私はこの答えから、彼がこのことについてはもっとずっと高い権威から、全権を託されていることを知った。話してゆくうちに、それがどういう人物であるかも、ほぼ想像がついた。私は、自分の前におかれた仕事の大きさに、いささかたじろがざるを得なかった。

もう夜もだいぶ更《ふ》けてきた。柱時計が二時を打った。しかし、誰も引きとろうとはしない。私たちはそれから、この司令部が襲われた場合、いつでも十分間で安全な場所に移れるようになっているとか、日本軍が昨年すぐ近くまで攻めてきたが、ここは街道をはずれているので発見されなかったとか、上海の杜月笙の家で捕まりかけて危うく逃げた経緯《いきさつ》とか、そうした彼の雑談を興味深く聞いた。ふと時計を見上げると、もう三時に間がなかった。明日の旅もあるので、いよいよ話をきり上げなければならぬときがきたと思った。

前進する和平運動

上海に帰ってから、ゆっくり呉紹澍の提案を考えてみた。彼の話は手っとりばやくいえば、日本でクーデター（後にパドリオがイタリーでやったような）を起こせ、さもなければ和平の望みはないということである。それは、当時の日本の情勢を真剣に考えれば、誰しもたどりつく結論なのだが、日本ではそれを知りながら、実行に踏み切ることのできない事情がある。軍の言論統制がきいていたので、国民には戦いの真相がまったく知らされていない。したがって国民は、緒戦の勝利感からまださめきっていない。

そうした空気の中で、こんなことをいいだす者があれば、明日とはいわず葬り去られてしまう。それゆえ敗戦を見透している人々も、今すぐ動くというわけにはいかない。

しかし、日本の国民が戦争の無残な真相に直面しなければならぬ時機は、眼の前にせまっている。その時期がくれば、「もののわかる政治家」はかならず動き出すであろう。今からこっそりその人々と連絡し、呉の言葉を伝え、彼らに和平への希望を与え、その動きを促進させることはなにより必要なことだ。それは早ければ早いほどよいと思った。

動くには金が要《い》る。これまでの和平運動は、小野寺のときも、今井のときも、軍がスポンサーだったから、その心配はなかったが、自前でやるとなると、まずそれから心配しなければならない。だが、この方は大した問題はなかった。世の中は皮肉なもので、私のためにその金をつくってくれたのは、日本の憲兵隊なのである。

当時の憲兵隊は、密告によってやたらに中国人を通敵嫌疑でつかまえた。なかには日ごろの恨みをはらすために、いいかげんな密告をするものもあり、商売がたきを陥《おとしい》れるために、憲兵隊の密偵を買収して、あやしげな報告をさせるものもある。

こういう密告をうけた中国人こそ可哀そうで、自分のまったく知らないことで、一ヵ月でも二ヵ月でも拘留され、その間やたらに軍隊式なビンタをくわされた。嫌疑がはれて出てくるとき、顔の形が変わっているくらいはまだいい方で、なかには動けなくなって、そのまま病院にかつぎこまれるものもあった。それゆえ捕まったものの家族は、あらゆる関係をたどって、本人を出してもらおうと奔走する。

中国人の間には、私が国民党の姜豪や姜夢麟を憲兵隊から出したことが、あまねく知られていたので、私のところに頼みに来るものがわんさと押しかけてきた。いちいちそれをとりあってはいられなかったが、上海の商工会議所長袁履登や聞瀾亭などという老先輩を仲介としてこられたものは、どうしても断わりきれなかった。その結果、前後を通じて十五、六人の人を憲兵隊からもらいうけたろう。

助けた人の中に、著名な大金持ちが四、五人いた。金持ちというものは大抵けちなものだが、その人たちは釈放を恩にきてか、節季々々にかなりの金を届けてくれた。いや、金を持つことがいかに無意味であるかが身にしみてわかる時代であったためかもしれない。日本式にいえば、貰《もら》うべき筋合いの金ではないが、中国式にいえば貰っておいてもよい筋合いの金である。この場合、私はあっさり中国式を採用することにした。

またそのほかにも、私の動きを知って、恒常的に金を出してくれた人があったことは特記しておかなければならない。これはまた皮肉にも、私がいつも申報紙上で攻撃していた南京政府の財政部長周仏海氏からである。終戦後、私が、誰にもかえりみられなかった、この人の日記を、日本で翻訳出版したのは、一つにこのときの厚誼に報いたかったからだ。

私が周仏海と会ったのは、後にも先にもたった一度である。ある日、申報社の陳彬龢から、周仏海が会いたいといっているから会ってみろと言われ、ひとりで周邸に参上した。周は私が申報に書いたものをよく読んでいたらしい。初対面の私に対して、さっそく重慶との全面和平について語りだした。彼は酒も手つだってか、非常に多弁だった。私の方は、これまで周仏海のいわゆる「和平運動」を陰に陽に邪魔してきたのであるから、なんとなくうしろめたく、自然に言葉少なになった。この会見は、ただ彼の好奇心からと思っていたが、帰りしなに「貴方は貴方の道を邁進してください」と激励された。

それから二、三日たって、周の奥さんの弟で楊惶華という人が私の家にこられ、これは周さんからのものだといって、かなりの金額の小切手を出し、貴方のお仕事を助けるために、これから毎月これだけの金額を贈らせていただきます、と言って帰ってしまった。そのときの私には、周がどういうつもりでこんなことをするのか理解できなかった。終戦後、彼の日記を訳しながら、昭和十五年十二月二十日の日記にいたったとき、はじめてその心境がわかるような気がした。そこにはこう書いてある。

「晩、日本の東条陸相の招宴に応ずる。帰宅後、客がなく静かに考えるひまができた。漢口にいたころ、そしてまた重慶にいたころ、私が日本に下した観察は非常に間違っていた。それが今となって事実として現われた。これは抗戦派の理論の正確さを証明するに足るものである。この認識不足については、当然その罪は私が受けるべきものだ。これらはただ一心に国のために尽くし、どうあろうとも国家のために一筋の生きる道をとどめておかなければならぬ。かくしてこそ私は、はじめて天地神明にたいすることができるのだ」

彼は東条はじめ、日本の軍人政客との交渉を重ねるにつれて、自分の考えていた事変解決策が、日本に対する幻想の上に立っていたことを知り、自分の進路にまったく自信を失っていたのだ。そして他の人が蔣介石との直接交渉によって和平が達成できるなら、自分の運命がどうなろうとかまわない、という澄んだ心境に達していたものであろう。

もちろん人間であるから、自分の将来についての欲が出ることもあったであろうが、彼ひとり静かに考えるときには、いつもこういう自分のない考え方になっていたことは、この日記のすみずみに現われている。私は今でも、彼の政治家としての生き方には賛成できないが、その人の善意については、もっともよく理解している一人だと思っている。

私にはかように、動く金の心配もなかったのであるが、まだおいそれと上京できない事情があった。今井がシンガポールに転出してしまってから、私の存在などを念頭におく軍人はいなかったが、それでも軍とのくされ縁は完全に断ち切られていたわけではない。それが日本軍の香港占領以来、またぞろ妙な具合に生き返っていたのだ。

当時日本軍は、香港にいた中国の要人を全部グロスター・ホテルに軟禁してしまった。その中に、もと武漢革命政府の外交部長陳友仁がいた。これらの中国要人を管理していた岡田芳政という中佐参謀は、陳が国民の間に持っている信望を、政治的に利用する方法はないかと考えていた。岡田ははじめ腹心の坂田誠盛に、この仕事を託したらしい。

坂田という男は、日本人の軍人をあしらう不思議な才能をもっていて、接近する軍人という軍人は、彼の「誠実さ」にうたれ、薬籠中のものになってしまった。ところが陳友仁は、日本の軍人のようなわけにはいかなかった。岡田はそこで、彼のような、中国人としていささか調子の狂っている大物には、私のような、日本人としていささか調子の狂っている小物をさしむければ、うまが合うかもしれないと思ったのだろう。結局、この仕事のおはちが私に回ってきたのだ。

昭和十七年の四月、はじめて彼に会ったのだが、そのときまで私は、陳友仁についてはほとんど何も知らないといってもよかった。ただ知っていたことといえば、武漢革命政府が、蔣介石と妥協してしまったとき、彼は孫文の若い未亡人宋慶齢とともにモスコーに行ったことから、赤い駆け落ちだという悪意のデマがとんだこと、それから巴里《パリ》にいって、国民党の元老張静江の娘茘枝女史と恋愛し結婚したこと、ときに新郎五十歳、新婦二十歳で、これがため「中国第一の美男子」と称されたことなどである。

もっとも、この称呼には多分の皮肉がまじっている。彼はカリブ海の「陽のあたる島」英領トリニダットで、福建華僑と黒人婦人の間に生まれた人であるから、中国人の審美眼からみれば、かなり規格がはずれていたからだ。

初対面の彼の印象はすばらしかった。陳友仁もまた通訳つきでなく、直接、彼の使う言葉で、自由に話せる日本人に会えたことがよほど嬉しかったらしい。開口一番、くぎりくぎりのはっきりした力づよい英語で言った。「日本はいま戦場では勝ち誇っているように見えますが、全般の情勢からいえば、ほとんど絶望的な地位にいるのです。日本にとって一番不幸なことは、そのことを国民が知らないということです」——これはこちらの考えていたこととずばりなので、私はなにひとつ言うことはなかった。それから彼は滔々《とうとう》と二時間にわたって、世界および中国の情勢を分析した。その真剣な表情と雄弁に、私は相槌《あいづち》をうつのも忘れて、ただ彼の痩《や》せた、どす黒い顔を見つめるばかりだった。

それから間もなく陳友仁夫妻と私は、香港から上海に飛び、とりあえず南京路のカセイ・ホテルに宿をとった。陳友仁が上海に着たというので、毎日多数の日本人が彼を訪ねてきた。外交官、軍人、そして新聞記者、これらの人々と陳友仁との会見には、私が通訳にあたったので、その内容は今でもよく記憶している。これらの人々はみな陳友仁に、これまで会った中国人とまったくちがった中国人を見出して驚いたようだ。

陳の育った環境にも原因があると思うが、彼はなんでも自分の思った通りあけすけに話した。当時は日本の戦局がよかったので、日本人におべんちゃらを言う中国人が多かった。多少でもバックボーンのある中国人は、そんなものと同じ目で見られるのをいやがって、日本人に接近したがらなかった。これが日本人をして、情勢を楽観させた大きな理由の一つでもあった。陳友仁の話は、このぼせあがった日本人の頭に、冷水一番の効果があったのだ。いろいろな言いまわしはしたが、彼の話の一貫した趣旨はこうである。

「日本人は現在、東南アジアの大部分を占領しているが、今はジンギス汗の時代とちがって、どんな民族もながく異民族に支配されたままでいる時代ではない。日本人がこの占領の成果をおさめようと思えば、征服《コンケスト》という方式を放棄して、納得《コンヴンス》という方式で、その諸民族と合作し、自分の背景としなければかならず失敗する。日本が民族意識に強く目覚めている中華民族および印度民族に対して、これらの民族がほんとうに望んでいるもの、民族の真の独立と自由を与えることができるならば、日本人はこれらの民族を納得させることができる。そうすれば、これらの民族は、アジアから列強帝国主義を追い出すことに、進んで日本と協力するだろう。アジアの三大民族、日本、中国、印度が団結すれば、全アジアはこれに従い、その威信によって、世界戦争を中止させることもできるのだ」

私はこういう陳友仁の話を翻訳しながら、心の中で、これはうわさにたがわずすぐれた外交官であると思った。なぜならば、彼は真理を語っているには違いないが、同時にまた、この一見平凡な外交辞令の中で、日本に対する激しい批判を述べていたからである。

当時日本は「アジアの解放」というスローガンを掲げていたが、実際アジアを解放しようという意志のなかったことは、中国の占領状態を見ればよくわかる。「南京政府」治下の中国人の生活は、解放とか自由とかいうものとはおよそ縁遠いものだ。それゆえ陳友仁は一面、日本が中国でこんなことを続けていれば、アジアの諸民族は日本から離れ、結局、日本は孤立して、この戦争を失うであろうと警告したのだ。

目先の勝利にのぼせあがっていた日本の軍人、政客には、陳友仁のこういう言葉ははなはだ不愉快なものであったにちがいない。といって、彼はアジアの解放を主張しているのであるから、正面から反駁《はんばく》することもできなかった。彼に下手な質問をすれば、ただちに痛烈な言葉の平手打ちを食った。日本軍人の一人が「南京政府」をたてて、中国の行政をまかせたことは、中国の自由独立を認めたことではないかと言ったときの陳の答えなどは、私もそのまま訳すのに躊躇したくらいだった。彼は静かな口調でこう言った。

「中国の政府は、中国人が自分で選ぶべきものです。外国人たるあなたがたの選ぶべきものではありません。現在中国には二つの政府があります。一つは汪精衛の政府、もう一つは蔣介石の政府です。あなたがたが、中国人に、この二つの政府のどちらが、中国人によって選ばれた政府であるかをたずねてごらんなさい。

私個人は蔣介石に反対し、闘争をつづけてきました。しかし現在このとき、私はこの二つの政権のどちらが、中国のほんとうの政府かと聞かれるなら、私は即座に、はなはだ遺憾ながら蔣介石の政府のほかには、中国の政府はないと言わざるを得ません。この事実を承認する、しないは、あなたがたの御自由ですが、しかしこの現実を承認すまいとするのは、ちょうど危険に追いつめられた駝鳥が、砂漠の砂に首だけつっこんで、敵から逃れたと思っているようなものです」

陳のこういう言動を、日本の軍人が、なぜそのまま許しておいたかと疑問に思う人もあろう。だが、私の知っているかぎり、彼と会談した軍人は、ひとりとして激昂したものはなかった。それは彼の真摯な態度と、理路整然たる言葉にうたれたのかも知れないが、そのほかにもう一つ強い理由があった。現地について多少とも南京政府の現状を知っている人々は、この政府ではもう、どうにもならないことを知っていたからだ。しかし、現地の事情にくらい東京から、間もなく陳にとって非常に迷惑な問題が起こってきた。

私の記憶が正しければ、昭和十八年三月初めのことだったと思う。陸軍省の軍務局長佐藤賢了は、帝国議会で「中国の知識階級も最近では、汪政権を支持する気運に向かってきている。現在上海にいる陳友仁および顔恵慶の両氏も、すでに南京政府を支持する態度を表明している」と報告した。これはまったく事実無根で、陳はしばしば述べたように、頭から汪政権を否定していたのだ。この発表を見た陳が、どんなに憤慨したか想像できよう。ある意味でこれは彼の政治的生命を奪うに等しいことだからである。私が彼と一緒に過ごした三年間に、彼の激昂したのを見たのは、後にも先にもこのとき一度きりだ。

彼は私にこういった。「日本人に、こんな侮蔑をうけるくらいなら、道でのら犬のように殺された方がよっぽどましだ。この事件については、どうしても結末をつけたい」と。

彼は私を通じて、ただちに現地の軍部に抗議を申しこんだ。しかし、それは東京の陸軍省が勝手にやったことで、現地軍部ではどうすることもできない。そこで私は、現地軍部の許可をもらい、陳友仁の特使という形で、軍務局長に談判に行くことになった。私のようなものが行っても、軍務局長が会うかどうかも疑問だったし、まして陳が満足するような解決が得られようとは夢にも考えられなかったが、ともかく陳のために最善を尽くしてみようと思った。いや、私を動かしたのはそれだけではない。私の方には別の計算がある。人が悪いといわれるかも知れないが、これこそかねて呉紹澍と話していたことを推進する、天の与えた機会だと思ったからだ。

最後の切り札

久方ぶりで見た東京は、以前とだいぶ様子が変わっている。人々はもう大本営の戦勝発表を、頭から信じているとは見られなかった。どの顔も、この戦争の結末について一抹の不安を浮かべているように見えた。

どうせやらねばならない嫌な仕事は、できるだけ早くすませたかったから、さっそく陸軍省に行き、軍務局長に面会を求めた。

局長付きの秘書の少佐が、局長に代わって応待に出た。私は陳友仁の言った言葉通りを彼に伝え、最後に「いったい局長は、どういうことを根拠にして、あんなことをいわれたのですか」と詰問した。秘書は気むずかしい顔で私の話を聞き終わり、私の本意は局長に伝えるが、と前置きして、それから開きなおった。

「陳友仁は現在、日本の占領地区に住んでいるにかかわらず、南京政府に協力しないというのなら、君、どんな結果になるか知っているね」

私は彼に言った。

「私の知っている限りでは、陳は自分の中国革命に対する清い経歴のほうが、命よりも大切だと思っております。それに陳は、今まで日本の武士道は、嘘はいわないもので、日本の軍人は、その伝統を継いでいるものだと信じていたのです。だから今度、日本の軍人たる局長が、どうしてあんな嘘を言ったのか、それを知りたいといっております。どうか局長に、この通りお伝えください」

この言葉を、この秘書が、横紙やぶりで有名な局長に、そのまま伝える勇気があったかどうかは疑問だが、それ以来、陳友仁に関するデマ・ニュースがなにも発表されなくなったことだけはたしかである。

これで、陳友仁の仕事が一段落ついたので、こんどは日本の政治家の間を駆けまわり、中国の実情を説くとともに、日本がどういう構想で、この戦争に終止符を打とうとしているのかをさぐることにした。

幣原《しではら》喜重郎には、千駄ヶ谷のお宅でお目にかかった。陳友仁と彼とは、かつて外交交渉をした仲なので、私の言うことをよく聞いてくれた。池田成彬と有田八郎も、華族会館で私の話を聞いてくれた。いま誰が誰を紹介してくれたのかはよくおぼえていないが、亡くなった松平康昌（式部長官）がよく世話してくれたことが思い出される。富田健治にも多分、彼から紹介されたのではないかと思う。まもなく宇垣一成とも連絡ができた。もっともみんながみんな、このときに会ったのではない。ともかくそれから終戦の年の初めまで、上海――東京間をしばしば往復したが、その二年間で日本にかなり多くの知己を得た。このなかで宇垣がとくに熱心だった。どうしたわけか、近衛にはなかなか会う機会がなかった。

はじめのころはまだ、日本がどんづまりにきていなかったので、人々は滅多に聞かれぬ中国の実情に、ただ興味を示す程度だったが、東京が頻繁に爆撃されるころには、誰もみな、どうしたら和平ができるかということを真剣に聞くようになった。私の提案する和平の方法が、人々にかなり強い印象を与えたことは、つぎの事実でわかると思う。

今ラジオ解説をやっている平沢和重から紹介された、若いKという少佐参謀は、私が、日本が「満州国」を放棄しないかぎり、和平の見通しがないと説いたことから、宮中に入って天皇に直訴している（この原稿を書く前に私はKに電話して、もうときもたっているのだから、その詳細を発表してはといったが、あるお方の名が出るから、それだけは勘弁してくれと断わられた）。

これらの人々と会ってみて、痛切に感じたことがある。明治維新で、すでに土台のできあがった社会で成功した人々は、いわゆる平和時代の人であって動乱時代の人ではない。この点が革命を経てきたばかりの、いわば未完成の社会に育った、中国の政治家と違うところだ。要するに、すでにできあがった時代をまもって行くにはよい人々だが、新たに時代をつくってゆく人々ではない。

手っとりばやくいえば、政治家ではあるが、革命家ではないのだ。だから自分の経験を超越した事態に当面すると、どうしたらよいかわからない。たとえこうしたらよいとわかっても、それをてきぱき実行する行動性に欠けている。

彼らの現在の地位と経験は、長いあいだ下積みからたたきあげた忍耐と努力の結晶なので、その地位と経験の重量が、いつも行動を制約している。彼らは堅実であり、慎重である。いちかばちかの危険な道はとらない。見通しがはっきりしない場合に、自分から動きだして、これまでの努力の結晶を失ってしまうような愚はしたくないのだ。

戦争の結果が、かれらの地位の基盤をゆるがしそうになると、さすがの彼らも動かざるを得ないようになったが、それでも、これまでの処世の習性から、平和への道が、誰かによって踏み固められたうえでなければ、渡ろうとしない。しかし、彼らの信用する人物が、まずその道を渡りさえすれば、彼らもまた相ひきいて、ぞろぞろその上を行くにちがいない。

私はこういう人々と、その動きを観察しながら、この際、中国から確かな和平の保証さえ得られれば、日本の和平勢力を結集することは、かならずしも不可能ではないという印象を持った。

上海に帰ったとき、さっそくこのことを朱に話し、もう一度、呉紹澍に会って、蔣介石の具体的な保証をとりたいといった。朱はこころよく「君がそのつもりなら、僕が案内役になろう」と言ってくれた。こうして終戦前年の冬（昭和十九年）、私はふたたび呉をその司令部に訪ねることになった。

そのころ、彼の司令部は、山丫橋からすでに安徽省の屯渓に移っていた。今となっては重慶との和平は、もちろん対等のそれではない。内容は蔣を通じての、日本の連合国への降伏に変わっている。この前のときとちがって、私の気持ちも重く、足も重かった。西湖で有名な杭州からバスで三時間、富陽という町で、冬の銭塘江を前にしたときは、「風蕭々として易水寒し」の感慨はなく、「易水やねぶか流るる寒さかな」の方が実感だった。

富陽までくると、対岸からきた呉の連絡が、朱泰耀だけに入ってきてくれという。やむをえず朱だけが江を渡って頓渓に行った。私はじりじりしながら、そこに待つこと六日間、やがて朱のもたらした呉の返事は——朱のとりつぐ言葉は丁寧だが——結局、日本の政治家、とくに天皇に一番近い近衛の具体的な意志表示がなければ、蔣は動かないだろうから、私と会っても意味がないということだった。

もう躊躇するときではない。私はすぐに日本に帰った。富田健治の紹介で、近衛公と箱根の麓の別荘で向かい合ったのは、こうした経緯《いきさつ》からである。

近衛公に会って第一に感じたことは、この人の甘さだった。宇垣一成や池田成彬には、すぐふところにとびこめない、いかめしさや冷たさを感じたが、この人にはまったくそれがない。彼の地位はもって生まれたもので、忍耐や刻苦精励の結晶ではない。おそらく、それを失うことを心配したことなど、生涯一度もなかったろう。彼の甘さもここからきていると思う。

彼についてはよく、堅実味や慎重さを欠き、粘りがないといわれている。これはよくとれば、地位の重量感で行動を制約されることがなかったということだ。この点で彼は、中国政治家の特徴を備えている。私はこの人と中国の、たとえば蔣介石と直接ぶつからせて、終戦への確信をもたせたら、ずいぶん思いきった処置をとるのではなかろうかと考えた。

私ははじめて、夜道に行き悩む旅人が、かすかな光を見出したような、喜びを感じた。

龍のヘソ

近衛も最初、得体の知れない浪人ものの私に対して、かなり警戒心が動いていたようだ。しかし、話が進むにつれて、それはだんだんほぐれてゆくように思われた。

彼は日本が、ここまで押しつまってきているとき、蔣介石が日本との和平に、どうして乗り気になるかという、しごくもっともな疑問を持っていたようだ。この点について、私は彼にこう説明した。

「蔣介石にははじめから、日本がこうなることはわかっていたのです。ただ彼は、日本がめちゃめちゃに崩壊することが、アジアや中国の政局におよぼす影響を心配していました。彼が和平の手をさしのべるわけは、彼自身にも、その必要があるからです。自分の手で日本の降伏を斡旋すれば、連合国に対して、それだけ発言権を強めることができますし、中国の発言権が強くなれば、きたるべき全面的な和平会議で、ある程度、日本の実力を保存することができる、という考えがあるからです。彼は日本が完全に去勢されれば、アジアの、世界政治における比重が、それだけ軽くなることをよく知っています。

それだけではなく、そのことは、彼にとってもっとも切実な国内問題に重大な関係があるからです。抗戦中、国民党のやりかたは、かなり国民の不満をまねいております。中共はそれを百パーセントに利用して、牢固たる勢力をつくってしまいました。蔣介石としては、現在自分の手で、この戦争を終わらせることによって、国民に対する威権をたかめ、それによって中共を押さえようと考えているのです」

この言葉は、かなり彼を動かしたようだ。話はやがて、それならいったいどうしたらよいか、ということに進展した。それに対して、私が呉紹澍の線を強調したことはいうまでもない。

それから数日後、いやもっとずっと後だったかもしれない。富田健治が、近衛公が軽井沢でゆっくり会いたい、と言っていると伝えてくれた。この行には富田のほかに伊藤述史（近衛内閣の情報局総裁）が加わった。私は二人に案内されて、ひとまず浅間山麓の星野温泉に泊まった。天然氷の産地だけに、ひどく寒いところで、湯から出ると、手ぬぐいがすぐかちかちに凍ってしまった。近衛公はここに来るはずになっていた。その日は近衛を監視しているものが、うろついているので出られなかったが、しかし、翌日は自宅で会うことができた。

その日は近衛よりも、むしろ伊藤がいろいろなことを質問する。その質問から、重慶側がた。日本の天皇制についてどう考えているか、ということが、近衛の関心の中心のように思われた。私はそれについて、呉紹澍一派を通じ、蔣およびその側近の考え方を、よく調べておいたので、確信をもって答えることができた。蔣は、天皇制の廃止は、日本を混乱に導くものと考えているので、たとえ連合国がそれを主張しても反対するはずだ。

話はそれからごく自然に、終戦の方法に進んだ。当時、誰もが憂えていたことは、軍部の宣伝で、まだ情勢を甘く見ている大部分の国民をどう納得させるかという問題だった。魯迅の言葉に、「暴君治下の人民は、多く、暴君よりもさらに暴である。……執政官はキリストを釈放しようとしたのに、人々は彼を十字架にかけよと要求した」というのがある。

今ここで和平を口にすれば、軍という暴君の下にあった国民は、激昂して、どうにもならない混乱になるのではあるまいか。それをともかく押さえることのできるものは、国民の間で「神格化」されている天皇のほかにはない。カリフの神聖戦争を止めることのできるものは、カリフだけなのだ。

私は天皇の「神格性」を利用するために、その「人間性」を活用することが、この際、一番手っとり早い方法ではなかろうかと考えた。そして国内で、それを実行する一番適当な立場にあり、かつまたその責任の地位にあるのは、近衛ではないかといい、最後にこうつけ加えた。

「もし貴方がその御決意をされるならば、私は重慶から、和平への保証をとることができると思います。しかしそれには、前に『蔣介石を認めず』という声明が出ているだけに、貴方として蔣あての親書、つまり謝罪状を出すことが必要だろうと思います。それがあれば、私は呉紹澍と連絡をとり、ともに重慶に行って、蔣に貴方の終戦活動をバック・アップさせる、なんらかの措置をとらせることができると思います」

近衛公は、これに対して何とも答えない。まったくその日の近衛は、心の中で何を考えているか判らないほど無口だった。だが、東京への帰りの列車の中で、富田は私に囁《ささや》いた。

「今度は、公もよほど決心されているらしいです。蔣介石への親書も書きます。その下書きは、貴方が書いてくれということです」

こうしてできあがった親書の文面は、私の記憶に残っているかぎりでは、こうだったと思う。

「日華両国ノ和平ハ、余ノ常ニ念願スルトコロナリ。余ハ曽ツテ声明ヲ発シテ、汪精衛ノ政府ヲ支援シタルモ、ソノ真意ハ中国ノ自主独立ヲ認ムルコトヲ、事実ニヨッテ表明シ、以テ閣下トモニ全面和平ヲハカランガ為ナリ。然ルニ我ガ国政情ノ変化ハ、ソノ後ノ発展ヲシテ悉《ことごと》ク余ノ意図ニ反シ、事態紛乱シテ今日ニ至ル。ソノ責任ノ重大ナル、余ノ深ク自省スルトコロナリ。惟《おも》ウニ日華和平ノ緊切ナル、今日ヨリ甚シキハナシ。乞ウ、閣下余ニソノコトヲ協議スルノ機会ヲ与エラレンコトヲ」

用語に多少の違いはあるかも知れないが、それにしても、自分の書いたものだから大した間違いはないはずだ。私は、こういうことは文章が問題ではない、要は蔣と直接会って話したいという、近衛の意志さえ伝えられればよいのだと思ったので、簡明な文体を選んだ。できあがった親書は、奉書に達筆で書かれていた。

これが手に入った上は、もう一刻も早く重慶に行かなければならない。しかし、飛行機の座席はなかなかとれなかった。やっと福岡——上海間の切符を手に入れて、雁巣飛行場に着いたときは、やれやれ、これで明日は上海だとほっとした。運の悪いときは仕方のないもので、ちょうどその翌日に、雁巣飛行場がアメリカの爆撃をうけた。損害はたいしたことはなかったが、飛行機は全部米子《よなご》に待避して、なかなか戻らない。それから毎日、飛行場へ日参である。だが、飛行機はいっこう戻ってくる気配はない。爆撃のとき、一緒に防空壕に逃げこんだ乗客の一人に海軍関係の男があって、こんなことをしていても、いつ上海に帰れるかわからないから、いっそ大村に行って、海軍機に便乗させてもらおう、ということになった。

こんどは佐賀に泊まって、毎日のように大村に通った。ここでも、なかなか上海行きの飛行機は飛ばない。一週間目に近藤海軍大将を日本に送ってきた帰りの飛行機があったので、やっとそれに乗せてもらった。これで一安心と思ったのもつかの間、もうあと一時間半で上海に着けるところまで来たとき、乗員の間にあわただしい気配が起こった。前方に米国の海軍飛行艇が三機現われたのだ。そして結局、われわれの乗った飛行機は、急に進路をかえて済州島に不時着してしまった。

こんなことで手間取り、上海に着いたのは、春も終わりの五月だった。すぐ楊と朱を通じて呉紹澍に連絡をとってもらうと、急いでこいという返事。一刻を惜しむようにして杭州へ、それからトラックに便乗して富陽の町に入った。

富陽は、後ろに公園になっている小さな山があり、前に銭塘江の緩《ゆる》やかな流れをひかえた美しい町なのだが、そのころは戦火に焼かれてほとんど廃墟になっていた。ここは日本軍の最前線、銭塘江の対岸には遊撃隊がいて、ときどき夜になると、日本軍の兵舎を襲ってくる。兵舎といっても、普段は五、六名の兵士がいるだけだ。こういう町だから、もちろん呉紹澍の秘密工作員がいた。町でたった一軒焼け残った旅舎に、私と楊を残したまま、彼らと連絡していた朱が、二日後にぼんやり帰ってきたとき、私はすぐ、彼の顔色を見て、なにかまずいことがあったなと直感した。

彼の話によると、銭塘江を渡って屯渓に行くときには、対岸の場口鎮を通るのだが、この場口鎮に二、三日前、杭州から日本軍が汽艇でやってきて、物資を洗いざらい徴発していった。この地方の遊撃隊は、今ここに集中して戦闘体制をとっている。みんな気がたっているから、君をそこにつれて行ったとき、もしも日本人とわかれば、どんなことになるかわからない。私も呉も、あなたの生命には責任があるから、もう少し事態がおさまるまで待ってもらいたいという。私は時局がこう押しつまっては、自分の生命などは問題じゃないと強調したが、朱はどうしても承知しない。こりゃきっと何か別の理由があるに違いない。事ここにいたって、なぜそれをいってくれないのか、と心の中で憤慨したが、どうにも仕方がない。やむをえず上海に引き揚げた。

上海で軍の方に手をまわして聴《き》いてみると、場口鎮に日本人が侵入したという報告は全然はいっていないということだ。朱の野郎め！　この土壇場にきて俺をだましたのか。これまでこんな嘘つき野郎に、引きまわされてきたのかと思うと、無性に腹がたち、それ以来、意識的に彼から遠去かった。もちろん、こんなことを近衛に報告するわけにはいかない。近衛がさぞ待っているだろうと思うと、毎日がいてもたってもいられなかった。

こういうときには、ふらりとひとり旅に出るのが私のくせである。一日蘇州から南京に遊んだ。玄武湖のほとりを散歩しながら、この風景もこれがもう見おさめだろうと思った。ふと、ここまで来たのだから、今井に会って行こうという気になった。そのころ、今井はまた参謀次長として、南京に来ていたのだ。彼を総司令部に訪問すると、折よく勤務中だった。お互いに時局については、多くを語る必要はなかった。彼は言った。

「戦局がこうなってしまってからは、今さらどうしようもないことはわかっているが、僕はこのさい、国民の一人として、やれるだけのことはやっておかないと、後の人にすまないと思うんだ」

この一言は私の心を打った。言うまいとは思っていたが、彼に笑われるのを承知の上で、富陽まで行ったが、場口鎮が日本軍に荒らされて、それ以上さきに行けなかった次第を述べた。ところが、彼は意外のことを話した。

「そんなことを、ほかの人に話しても、誰も信用はしないよ。だが僕だけは信用する。軍には報告はきていないが、ほんとに、場口鎮は日本軍に荒らされたそうだね。実は、僕も人を出していたんだが、そのために、先に行けなくなったそうだ。それで僕は知っているんだが――」

この一言に、私はいてもたってもいられなくなった。朱泰耀らは、私をだましていたのではない。やはり最後まで誠意をもって私に対していたのだ。こんなことで、十年に近い交友の彼らに腹をたて、この重大な時局を一ヵ月も空費した自分の馬鹿さかげんに腹がたった。上海に帰って、すぐ朱をよび出し、さりげなく、もう場口鎮もおさまったろうからすぐ行こうと言った。これに対する朱の答えがまた意外だった。

「君はこの間に起こった、日本の情勢の変化をまったく知らないんだね。われわれの方でキャッチしている確かな情報では、近衛は日本の特使として、ソ連に行こうとしている。蔣主席を通じて、和平しようというような空気は、日本にはまったくなくなったんだ」

私はもう答える言葉を知らなかった。むしろ不信をなじられる立場にあったのは私の方なのだ。これについては、近衛にも責任はない。彼をして、蔣介石にあれだけの意思表示をさせながら、その後の発展について、私から何の報告も出せなかったのだから。私はただ自分の責任の重大さに、呆然とするだけだった。

爾来十年、私は多少学問をした。終戦後、いろいろなものに発表された日華和平交渉なるものは、私の見たところ、だいたいはでたらめか、さもなければ、話が進めばかならず失敗するに決まったものである。

日本には、戦争のいかなる時期にも〝満州国〟を取り消す意志は見られなかった。肉食獣は、死ぬまで肉食はやめられない。すでに口の中に入った肉片を吐き出すときは、彼が死ぬときなのである。それと同時に中国は、どんな瞬間にも、それを承認する意志はなかった。自分の内臓に矢がささったままでは、生きながらえないことは誰でも知っているからだ。それゆえ、あの当時の日本という国を考えれば、たとえ近衛が重慶に行ったとしても、日本は行きつくところまでゆかなければならなかったであろうと思う。

十万八千里をひと飛びにする通力をもった孫悟空が、いくら飛び上がっても、如来の手から逃れ出られなかったように、われわれなどが、どんなに動いても、日本の負うた運命、つまり歴史からは逃れられなかったのではあるまいか。

悟空が天宮の柱だと思って小便をひっかけたところが、あとではそれが如来の指だとわかってびっくりした、という。私も一時は龍の鼻づらをつかまえたような気になったのが、いまにして思えば案外、おへそくらいなところだったようだ。

主要著書

「上海無辺　一つの中国現代史」（中央公論社・昭和二十四年）
「周仏海日記」訳（健民社・昭和二十八年）
「新中国史」（洋々社・昭和二十九年）
「民衆の生活から見た中共」（東洋書館・昭和三十一年）
※この本はアメリカ国務省が英文で抄訳した
「中国革命の百八人」（元々社・昭和三十一年）
「二つの国にかける橋」（東京ライフ社・昭和三十三年）
※氏が自ら日中停戦交渉について語った本。絶版
以下は本名の鹿島宋二郎著として発刊
「毛沢東における人間学」（経済往来社・昭和四十年）
「中国のことばとこころ」（至誠堂・昭和四十一年）
「動乱の毛沢東」（至誠堂・昭和四十二年）
「中国大陸観光漫感」中国語（香港新文化事業供応公司・昭和四十四年）
※当時の香港でベストセラーとなった。
「中国の人とこころ」（古今書院・昭和四十九年）

関係文献

「日本崩壊」（大森実・講談社文庫・昭和五十六年）
「ピース・フィーラー」（戸部良一・論創社・平成三年）
「日本特務在中国」中国語（団結出版社・平成七年）
「人われを漢奸と呼ぶ（汪兆銘伝）」（杉森久英・文藝春秋・平成十年）

単行本　平成十三年一月　「二つの国にかける橋」改題　元就出版社刊

NF文庫

日中戦争 日本人諜報員の闘い

二〇二二年一月二十日 第一刷発行

著 者 吉田東祐

発行者 皆川豪志

発行所 株式会社 潮書房光人新社

〒100-8077 東京都千代田区大手町一-七-二

電話／〇三-六二八一-九八九一(代)

印刷・製本 凸版印刷株式会社

定価はカバーに表示してあります

乱丁・落丁のものはお取りかえ致します。本文は中性紙を使用

ISBN978-4-7698-3246-1 C0195

http://www.kojinsha.co.jp

NF文庫

刊行のことば

第二次世界大戦の戦火が熄《や》んで五〇年——その間、小社は夥しい数の戦争の記録を渉猟し、発掘し、常に公正なる立場を貫いて書誌とし、大方の絶讃を博して今日に及ぶが、その源は、散華された世代への熱き思い入れであり、同時に、その記録を誌して平和の礎とし、後世に伝えんとするにある。

小社の出版物は、戦記、伝記、文学、エッセイ、写真集、その他、すでに一、〇〇〇点を越え、加えて戦後五〇年になんなんとするを契機として、「光人社NF（ノンフィクション）文庫」を創刊して、読者諸賢の熱烈要望におこたえする次第である。人生のバイブルとして、心弱きときの活性の糧《かて》として、散華の世代からの感動の肉声に、あなたもぜひ、耳を傾けて下さい。